Für meine Kinder

Phantasie ist eine wundervolle Gabe, sie auszuleben ein echtes Privileg. Die Geschichte des Romans Muttertorte ist frei erfunden. Sämtliche Ähnlichkeiten mit Personen oder Begebenheiten sind rein zufälliger Natur. Nur das Rezept ist echt und nachbackbar.

Ida Eidel

# Muttertorte

**Meine Mutter ist da, wo sie nie hin
wollte: Im Heim**

www.tredition.de

© 2019 Ida Eidel
Umschlaggestaltung: Ursula Striepe Verlag
& Druck: tredition GmbH,
Halenreie 40-44, 22359 Hamburg


Paperback      ISBN 978-3-7469-7615-0
Hardcover      ISBN 978-3-7469-7616-7
e-Book          ISBN 978-3-7469-7617-4

# Inhalt

Spaziergang im Dahliengarten ... 9

Brot ... 13

Tochter besuchen ... 14

Alkoholexzess ... 17

Entszugserscheinungen ... 21

Muttergedanken ... 24

Woher kommt das Geld? ... 26

Schlägerei ... 28

Fliegende Blumenübertöpfe ... 36

Agressionen ... 39

Das zerstörte Bild ... 41

Der verschwundene Schlüssel ... 43

Der Schlüssel ist weg ... 47

Das andere Heim ... 51

Der Schlüssel bleibt verschwunden ... 57

Osterausflug ... 57

Orgelmusik ... 60

Tanzen im Mai ... 68

Im Urlaub ... 76

Zurück aus dem Urlaub ... 76

Am nächsten Tag ... 77

Medizin ... 80

Ein Tag Ende Mai ... 87

Gedanken an den gestrigen Tag ... 95

Unterforderung ... 96

Der Schlüssel, immer wieder der Schlüssel ... 97

Schafskälte ... 100

Telefonieren ... 105

Schöner Lebensabend ... 109

Ab in die Heide? ... 110

Ab in die Heide! ... 111

Am nächsten Tag ... 117

Ein normaler Spaziergang ... 119

Immer wieder suchen ... 123

Immer schlecht gelaunt ... 127

Klobürsten ... 130

Geburtstagsausflug ... 133

Obst und Blondinen ... 137

Innen wie außen ... 144

Telefonieren ... 146

Rempeln und Motzen ... 146

Kurzes Telefonat ... 150

Wunschtraum ... 151

Mein Geburtstag ... 152

Kaffee und Musik … 157

Ein weiterer Tag mit Spaziergang … 163

Besuch auf dem Weihnachtsmarkt … 167

Modenschau … 172

Noch ein Spaziergang … 179

Weihnachtsfeier … 183

Vor Weihnachten … 190

Heilig Abend … 193

Kurz vor Silvester … 203

Telefonat mit einer Freundin … 207

Innerlicher Rückzug … 208

Krankenhaus Notaufnahme … 210

Ein paar Tage später … 218

Negative Endlosschleife … 219

Der kleine Prinz … 222

Rezept … 226

## Spaziergang im Dahliengarten

Meine Mutter und ich gehen durch den Dahliengarten. Dieses Jahr blüht alles früher. Wir nutzen das schöne Wetter am Sonntag für diesen Ausflug. „Mann blühen die stark. So große Blüten hab' ich ja noch nie gesehen", sagt sie immer wieder. „Wie schön." Ich freue mich darüber, dass sie sich freut.

„Und die kleinen runden da in Lila. Und diese ganz kleinen runden, sieh mal." Sie findet Pompon-Dahlien am schönsten, mit ihren ordentlichen, aufgeräumten Blütenköpfchen. Ich glaube, alle alten Damen finden diese Dahlien meistens schön, jedenfalls habe ich es schon öfter gehört. Ich mag Kaktusdahlien lieber, mit ihrem wilden, zerzausten Antlitz. „Ja, die sind schön", antworte ich und mache ein Foto. „So eine Pracht habe ich ja noch nie gesehen. Waren wir hier schon mal?" „Ja Mama, vor zwei Jahren, aber da blühte es nicht so schön, weil der Sommer so kalt und verregnet war."

Sie kann sich nicht daran erinnern. Ich dachte es mir schon und hätte auch nein sagen können, um sie nicht zu verletzen, zu verunsichern. Doch ich kann nicht über meinen Schatten springen, kann sie nicht anlügen, muss es noch üben.

„So eine Pracht. Sind die schön, wie Sterne. Das hab' ich ja noch nie gesehen."

Ich bekomme das Gefühl, dass sich ihre Begeisterung wie eine Endlosschleife in ihrem Kopf abspielt. Eindrücke auf Autoreverse geschaltet. Ich antworte immer wieder das Gleiche und sie ist zufrieden. Langsam werde ich es auch, denn es hat ja etwas für sich mit Dementen zu kommunizieren. Da es eh nicht mehr viel zu sagen gibt, sagt man immer wieder das Gleiche. Und es ist in Ordnung. Alles andere verwirrt nur. Mir bietet diese Art der Kommunikation ungeahnte Freiräume für eigene Gedanken und Ideen, für Fotografien, die ich mir sonst bei Spaziergängen mit anderen in einem andauernden inneren Kampf, nicht unhöflich erscheinen zu wollen, erlauben muss.

Wir trinken noch Kaffee und essen Kuchen auf der Terrasse des angrenzenden Kiosks. Der Apfelkuchen schmeckt ihr nicht. Ich dachte es mir fast. Sie hat am Essen immer etwas auszusetzen, mampft den Kuchen, das große Stück, aber brav auf. Sie würde ihn nie stehen lassen. Ihre Generation hat noch die Butter vom Papier gekratzt, bis das Pergament Löcher bekam. Notfalls hätte sie den Kuchen eingepackt, in ein Tempotaschentuch oder eine Papierserviette. In ihrem Zimmer stapeln sich Kekse und Kuchen in Servietten, im Kühlschrank Joghurts, auf dem Tisch wenig benutzte Servietten. Man kann sie ja nochmal nehmen. „Na, hast ihn ja doch geschafft," sage ich aufmunternd. „Ja, aber den Apfelmus da drinnen mag ich nicht", sagt sie, während sie mit der Kuchengabel im letzten Stück stochert. Ich bezahle die Rechnung und auf der Heimfahrt wiederhole ich gebetsmühlenartig die Sätze, die das Gute betonen, eine 'alles wird gut Stimmung' aufkommen lassend. „Das war doch ein schöner Ausflug. So schöne Blumen. Gut dass wir das gemacht haben, bei dem schönen Wetter." „Ja."

Als ich sie zum Heim zurück gebracht habe, bedankt sie sich bei mir für den schönen Nachmittag. Dann drückt sie mich ganz fest, das macht sie sonst nie. Hoffentlich war es nicht das letzte Mal, dass wir einen Ausflug machten, schleicht sich dieser Gedanke erneut bei mir ein. Irgendwann ist es wohl mal so. Ich verscheuche ihn schnell.

*Liebe Mama,*

*Du bist die einzige Person, die ich schon seit meiner Geburt kenne. Trotzdem habe ich manchmal den Eindruck, sehr wenig von Dir zu wissen. Du hattest ein Leben vor mir - bevor es mich gab, logisch.*

*Ich weiß nichts über die Zeit, als Du Kind warst. Du hast auch nie viel davon erzählt. Nur, dass Du mit Deiner Familie aus Schlesien vertrieben wurdest. Der Krieg. Ihr durftet nur das mitnehmen, was ihr tragen konntet und auf dem Weg in den Westen zum Vater wurde Deine Schwester geboren. Trockengeburt. Du warst erst 10 Jahre alt, Dein*

*Bruder war etwas jünger. Du musstest als Älteste auf Deine kleinen Geschwister aufpassen. Schule gab es für Dich fortan nicht mehr, denn im Krieg wurde alles zerstört. Als es wieder Schulen gab, warst Du schon fast erwachsen.*

*Weißt Du noch? Ich habe Dich vor nicht langer Zeit gefragt, ob Du Dich an Eure Flucht noch erinnerst. Du sagtest, und das hat mich sehr überrascht: „Och, wir hatten eigentlich eine schöne Flucht. Wir hatten sogar einen Wagen. Da brauchten wir Kinder unsere Sachen nicht immer tragen."*

*Ich stellte mir einen Lastwagen vor, Du meintest aber einen Handkarren, der in diesen Zeiten Luxus war. Ihr ward überwiegend zu Fuß unterwegs, den weiten Weg von Schlesien nach Norddeutschland.*

*Als ich Dich fragte, ob ihr hungern musstest, sagtest Du: „Hungern mussten wir nicht. Die Mutter hat gut für uns gesorgt." Du sagtest „die Mutter", nicht „unsere" oder „meine Mutter". Darüber habe ich mich etwas gewundert.*

*Mehr konntest Du mir nach so vielen Jahren nicht erzählen. Es ist ja auch sehr lange her.*

*Deine  Bärbel*

## Brot

Es rührt mich an, wie ich sie so dastehen sehe, eine Papierserviette in beiden Händen, in die Brot eingewickelt ist. Sie steht recht lange so da, leicht vorgebeugt und schaut mir zu, bei dem was ich so mache. Ich hole grade einen Koffer aus dem Schrank, wuchte ihn auf den Sessel und hole eine Packung Windelhosen heraus. Ich rede, wie ich so rede mit ihr, die wie ein kleines Kind geworden ist und mit der ich eigentlich kein wirklich interessantes Thema mehr habe. Ich registriere ihre Haltung und dass sie etwas in den Händen hält, gehe aber nicht darauf ein.

Dann ist sie dran. "Es ist schon vertrocknet", sagt sie etwas unglücklich mit leicht brüchiger Stimme. Sie meint das Brot, dass sie für den Hund geschmiert und aufbewahrt hat und das sie mir jetzt reicht. "Ist nicht so schlimm", beschwichtige ich, „Hauptsache es ist nicht verschimmelt." Dann gucke ich noch in den Kühlschrank, der auch mal wieder abgetaut werden müsste und wofür ich niemals Zeit finde. Dort liegt noch mehr Brot, geschmierte Stullen mit Käse und Wurst. Für den Hund, weil der sich immer so sehr freut, weil er das so gerne mag.

Als sie mich zum Auto bringt, um mich zu verabschieden, möchte sie ihn gerne mal streicheln.

Erst später, zu Hause, wird mir diese Situation noch einmal bewusst. Warum eigentlich? Weil meine Mutter alt ist? Sehr alt? Und weil sie alles vergisst, was grade eben so gewesen ist? Weil sie sich aber trotzdem daran erinnert, dass unser Hund gerne belegte Brote frisst? Schon seltsam, denke ich.

## Tochter besuchen

In der letzten Zeit treffe ich häufiger eine Frau im Rollstuhl. Sie sitzt meist am Empfang in der Eingangshalle und begrüßt mich freundlich. Nachdem ich mich einmal ein wenig mit ihr unterhalten habe, ist sie immer sehr erfreut mich zu sehen und fragt, ob ich wieder meine Tochter besuchen gehe. „Ich gehe meine Mutter besuchen," korrigierte ich sie anfangs und sie entschuldigte sich schnell für ihren Fehler. Sie fragt jedoch jedesmal wieder, ob ich meine Tochter besuchen komme und ich muss darüber schmunzeln. Jetzt, wo meine Mutter sehr bedürftig und häufig fast selber wieder wie ein Kind geworden ist, finde ich es sogar stimmiger gefragt zu werden, ob ich meine Tochter besuchen will.

*Liebe Mama,*

*Du erzähltest mal, dass Du mit 16, 17 Jahren die Gelegenheit bekamst, im Ausland in Stellung zu gehen. Das machten damals viele junge Frauen, deren Schulbildung durch den Krieg abrupt endete. Du hattest die Chance nach England zu gehen, nach Bournemouth, das südlich von London liegt. Es gibt noch ein paar Fotos aus dieser Zeit. Auf einem nachkolorierten Schwarzweißfoto bist Du schick gekleidet, im Stil der 50er, und Du siehst aus wie ein Filmstar. Vor allem Dein Blick trägt Stärke und Zuversicht in sich.*

*In England hattest Du auch meinen Vater, der zur See fuhr, kennengelernt. Ich finde es witzig, dass sich zwei Norddeutsche im Ausland kennen lernten. Mein Vater kam aus Dithmarschen und wuchs bei seiner Tante, meiner Großtante, auf, nachdem sein Vater, also mein Opa, sich gleich an die Front gemeldet hatte und nie wieder gesehen ward und seine Mutter, also meine Oma, auf der Flucht aus Ostpreußen in den Kriegswirren starb.*

*Du warst noch ein zweites Mal in England und trafst meinen Vater dort wieder. Ich weiß nicht, ob es Zufall war. Jedenfalls habt Ihr Euch verlobt und bliebt es fünf Jahre lang. Du fandest dann nach Deinem Englandaufenthalt eine Anstellung in Kiel bei einer 'Doktorsfamilie', wie Du immer sagtest. Du warst dort als Kindermädchen in Stellung und kümmertest Dich auch ein wenig um den Haushalt, während der Onkel Doktor und seine Frau arbeiteten. Deren Kinder, zwei Mädchen, waren etwas älter als ich.*

*Als ich geboren wurde zogst Du zu meinem Vater. Ihr wohntet erst bei seinen Verwandten und bekamt in deren Wohnung ein kleines Zimmer zugewiesen. Einige Zeit später mietetet ihr eine, für heutige Verhältnisse bescheidene, Zweizimmerwohnung. Sie befand sich im Erdgeschoss eines Wohnblocks mit drei Hauseingängen. Die Wohnung hatte eine kleine Küche und ein Badezimmerchen mit einer Sitzbadewanne und einem Boiler, den man mit Kohle anheizen musste. Geheizt wurde sowieso mit Holz und Kohle. Zentralheizungen hatten sich noch nicht flächendeckend durchgesetzt.*

*Mein Großonkel bestand darauf, dass mein Vater nun sesshaft werden sollte. Immerhin hätte er jetzt Familie. Und er wollte ihm eine Arbeitsstelle an Land besorgen. Mein Vater willigte ein, wollte jedoch noch ein letztes Mal auf große Fahrt gehen. Dazu ist es nie gekommen, denn im Herbst/Winter 1960 fiel er in Lübeck zwischen Kaimauer und Schiff ins kalte Wasser. Fünfundzwanzig ist er nur geworden. Für Dich war der Traum von Ehe und Familienglück ausgeträumt.*

*Deine Bärbel*

## Alkoholexzess

Es ist ein Freitagnachmittag, ich will meine Mutter im Seniorenheim besuchen. Abends habe ich vor in ein Konzert zu gehen. Als ich bei ihr ankomme, öffnet keiner, aber ich habe ja einen Zweitschlüssel und öffne die Zimmertür.

Meine Mutter wohnt in der Dependance, wie die Heimleitung dieses Nebengebäude nennt. In diesem Haus haben die Heimbewohner, wie teilweise im Haupthaus, Einzelzimmer mit eigenen Bädern. Auf den Fluren der Etagen gibt es Gemeinschaftsküchen, die zwar zum Kochen nicht benutzt werden, wo man aber Wasser holen und Müll entsorgen kann. Die Dependance ist für die Heimbewohner gedacht, die noch sehr selbstständig sind und zum Essen in den Speisesaal des Haupthauses gehen können.

Ich finde meine Mutter vor ihrem Bett auf dem Fußboden liegend. Seltsamerweise liegt die Plastikübergangsschiene, die auf den Fußboden zwischen Bad und Flur gehört, schräg unter ihr, mit der Doppelklebebandseite nach oben. Im ersten Moment denke ich, meine Mutter ist tot. Dann beuge ich mich zu ihr und spreche sie an. Sie reagiert nicht, aber sie atmet noch. Ich sehe, dass sie blutet. Der Nacken ist blutig, ihr Pullover in dem Bereich ebenfalls, genauso wie die weiße Bluse, die sie darunter trägt. Alles ist ziemlich blutgetränkt. Dann regt sie sich ein wenig. Ich rufe sofort den Notdienst des Heimes an und bitte um einen Notarztwagen.

Während der Wartezeit versuche ich meine Mutter anzusprechen und anzuheben. Im Nachhinein vielleicht ein Fehler, denn sie hätte ernsthaft verletzt sein können. Aber irgendwie bin ich mir sicher, dass bei ihr nichts gebrochen ist. Wie schwer so ein kleiner Mensch sein kann, ist mir bis zu diesem Zeitpunkt nicht bewusst gewesen, doch ich schaffe es sie mit ein wenig ihrer Hilfe auf das Bett zu hieven. Sie ist nicht ganz weggetreten. Sie fuchtelt unkoordiniert mit den Armen und lallt unartikuliert irgendetwas. Schlaganfall, ist mein erster Gedanke. „Lasst mich sterben", ruft sie zwischendurch einigermaßen verständlich. Ich versuche ihre Arme runter zu halten und sie zu beruhigen.

Das Blut kommt von einer Platzwunde am Hinterkopf. Sie muss also irgendwo drauf gefallen sein. Ich finde keinen Ort, der in Frage kommt. Im Bad nicht, obwohl die Übergangsschiene dort eigentlich hin gehört. Im Zimmer mit dem Bett auch nicht, jedenfalls ist nichts sichtbar mit Blut benetzt und es gibt auch keine scharfen Kanten.

Der Notarztwagen kommt und nimmt meine Mutter mit ins Krankenhaus. Ich sammele unterdes ein paar Dinge ein, die sie im Krankenhaus brauchen würde, falls sie länger bleiben muss und fahre etwas später zur Notaufnahme hinterher. Was ich beim Zusammensuchen ihrer Sachen auch in ihrem Kleiderschrank finde, erklärt dann alles. Dort liegen zwei 0,7l Flaschen Korn. Eine ist bis auf einen Zentimeter leer, in der anderen befindet sich noch eine drei Finger breite Menge. Heute ist Freitag, gestern war Donnerstag, der

Tag, an dem eine Ausfahrt zum Einkaufszentrum unternommen wurde. Wann sie das alles ausgetrunken hat, weiß ich nicht. Zwei Flaschen fast leer an zwei Tagen? Für mich kaum vorstellbar.

Aber es ist erst nachmittags, eigentlich wollten wir Kaffeetrinken und spazieren gehen. Das Wetter ist ja schön, seit langem mal wieder. Sie muss also heute, mindestens nach dem Mittagessen eine Menge Korn getrunken haben, denn sonst wäre sie zu diesem Zeitpunkt nicht im Delirium.

Ich verbringe den Freitagnachmittag also im Krankenhaus. Den Abend auch. Sie liegt in der Notaufnahme und die Ärzte haben offenbar viel mit ihr zu tun gehabt. Man hat ihr Blut abgenommen und versucht, die Platzwunde am Kopf zu versorgen. Außerdem wollte man sie untersuchen. Als ich ankomme, liegt sie, die Hände, die Arme, das Kopfkissen und die Bettdecke blutverschmiert, an Schläuchen in einem Raum, abgeteilt durch eine Sichtschutzwand. Der junge Arzt, Pfleger, Helfer oder was auch immer sagt, sie würde sich die Schläuche immer wieder herausreißen. Um ca. 22.00 Uhr steht dann fest, dass es kein Schlaganfall war. Sie wird mit einem Krankenwagen zurück gebracht. Das Heim hat schon geschlossen und der Nachtdienst muss uns aufschließen. Krankenwagenfahrer sind ja einiges gewohnt. Sie gehen ganz handfest mit meiner Mutter um, helfen mir, gegen ihren Widerstand, die blutgetränkten Sachen auszuziehen und frische Unterwäsche anzuziehen. Als sie die Flaschen sehen, wundern sie sich nicht mehr.

„Die muss jetzt erst mal ihren Rausch ausschlafen", meinen sie.

Von dem Zeitpunkt an weiß ich, dass es so nicht weitergehen kann. Meine Bemühungen meiner Mutter einen möglichst großen Freiraum zu lassen, indem sie ihr Taschengeld ausgezahlt bekommt, tragen nicht dazu bei, dass es ihr besser geht. Sie kann sich wöchentlich mit Alkohol eindecken, und es ist zu erwarten öfter die Maschinerie mit Notarzt, Krankenhaus usw. in Gang setzen zu müssen, weil sie die Trinkmenge nicht dosieren kann. Mir wird klar, dass die Sucht bei ihr inzwischen stärker ist als alles andere.

In einem Gespräch mit einer netten Pflegerin erfahre ich, dass es noch jemanden im Heim gib, der nach Alkohol dürstet. Es ist auch eine Frau und sie hätte Stück für Stück die Pfandflaschen aus den Wasserkästen mit Selter für die Allgemeinheit zum Einkaufszentrum mitgenommen und sie dort gegen das Pfandgeld eingetauscht. Irgendwann hatte sie dann genug zusammen um sich einen Flachmann zu kaufen. „Tja, Not macht erfinderisch", denke ich.

## Entzugserscheinungen

Ein paar Tage später besuche ich meine Mutter wieder und gehe mit ihr spazieren. Sie wirkt leicht zusammengefallen, etwas blass um die Nase und zittert schubweise. Sie würde sehr frieren, meint sie. Ich habe den Eindruck, dass sie Entzugserscheinungen hat. Glücklicherweise wird das Heim von einer sehr vernünftigen Ärztin betreut, die sich darauf einlässt meiner Mutter täglich eine bestimmte Menge eines alkoholischen Getränkes zu zugestehen, damit sie ihren Alkoholspiegel einigermaßen halten kann und keine Entzugserscheinungen bekommt. Man unterzieht Achtzigjährige keiner Entziehungskur mehr. Wozu auch? Außerdem müsste sie das selbst wollen. Und meine Mutter will das nicht. Sie leugnet ja immer noch, dass sie überhaupt Alkohol trinken würde.

So werde ich zum Handlanger meiner Mutter und belieferte das Heim regelmäßig mit Kornflaschen. Natürlich dezent, so dass niemand etwas merkt. Ich sorge beim Transport dafür, dass die Flaschen einzeln in Papier eingewickelt sind, damit sie nicht aneinander stoßen und klirren und lege zusätzlich etwas oben drauf, um sie abzudecken. Außerdem kaufe ich in einer Apotheke kleine 0,1l Fläschchen mit Schraubverschluss, auf die ich Aufkleber für jeden Wochentag und der Aufschrift 'Medizin' klebe.

Meine Mutter ist nicht gerade begeistert davon, dass sie nun kein Taschengeld mehr ausgezahlt bekommt. Sie ist sauer auf mich und behauptet, ich würde sie kurz halten. Sie ist sehr zänkisch. Ich schlucke das alles, was bleibt mir anderes übrig?

Manchmal ist es sehr schwer für mich zu akzeptieren, dass meine Mutter nicht mehr die ist, die ich mal hatte. Sie ist zwar immer noch meine Mutter, aber nicht mehr in der Position, in der ich mich immer noch als Kind fühlen kann, weil sie das Leben, ihr Leben im Griff hat. Diese Erfahrung zu machen ist nicht leicht für mich und tut weh. Aber wahrscheinlich ist das der Lauf der Welt. Es ist jedenfalls nicht zu ändern. Und auch ich habe im Laufe der Zeit gelernt, das Beste daraus zu machen.

*Liebe Mama,*

*ich kann mich an meinen Vater gar nicht erinnern. Er war ja auch selten da, immer auf See. Es gibt ein paar Fotos auf denen er mich auf dem Arm hält. Du musst sie fotografiert haben, denn Du bist nicht auf den Aufnahmen. Er war ein hübscher Mann, groß, dunkles Haar, zeitgemäß mit Frisiercreme seitengescheitelt und lässig in Lederjacke mit Manchesterhose gekleidet. Meine Erinnerung setzt ein, als er beerdigt wurde. Es war im Dezem-*

*ber. Ich war gerade zwei Jahre alt. Mein Onkel ging mit mir auf dem Friedhof spazieren, ich durfte nicht mit in die Kapelle. Die Sonne schien und ich musste meinen rechten Arm hoch strecken, damit ich Onkels große, raue Hand halten konnte. Mein Onkel weinte. Das war ungewöhnlich. Ich hatte ihn vorher nie weinen gesehen und es fiel mir deshalb auf. Ich glaube, dass ich ihn mit den wenigen Worten, die ich schon sprechen konnte oder per Gedankenübertragung gefragt habe, warum er das täte. Vielleicht hat er es mir ja gesagt. Ich weiß es nicht mehr. Nur noch, dass die Sonne schien und wir vor einem Grab standen. Es war mit schönen Blumen geschmückt und Onkel wollte dann weitergehen, weil er merkte, dass ich seine Tränen mitbekam.*

*Das folgende Weihnachtsfest muss das traurigste für Dich und die anderen gewesen sein.*

*Deine Bärbel*

## Muttergedanken

(Der verlorene Schlüssel, die Erste)


Ich habe keine Schmerzen mehr! Immer wenn sie kommt, klopft sie an die Tür. Sie könnte ja auch reinkommen, aber sie hat keinen Schlüssel mehr. Ich habe meinen Schlüssel verloren. Ich habe ihn verlegt. Er wurde mir gestohlen. Er ist nicht wieder aufgetaucht. Sie hat mir dann den ihren gegeben.

Die hübsche lilafarbene Karte ist eine Einladung zu einer Konfirmation. Wo ist mein Portemonnaie? Hier – nur noch Pfennige. So ein Scheiß! Sie hält mich kurz. Ich kann nichts einkaufen gehen, nicht mal mit zum Kaffee trinken. Böse Tochter! Vielleicht gibt sie mir Geld für die Konfirmation.

Sie sagt, dass die Karte zwei Jahre alt ist.

Ich soll mir die Zähne putzen, ich würde unangenehmen Mundgeruch haben. Immer diese Befehle. Mir tut das Zahnfleisch weh beim Putzen! Außerdem wackelt ein Zahn.

Immer wenn sie kommt geht sie zur Balkontür und reißt sie sperrangelweit auf! Ich glaube sie denkt, dass ich stinke. Ich sage aber nichts. Stinke ich? Nein, meine Wäsche ist sauber und ordentlich. Ich habe schöne Kleidung. Von Lucia, mit meiner Freundin Emma zusammen gekauft. Gute Qualität, gepflegt. Emma ist jetzt tot? Emma ist gestorben.

Heute Abend gibt es wieder Medizin. Sie tut gut, ich fühle mich entspannt. Ich hätte gerne mehr Medizin, doch die Pfleger geben nur 1x am Tag was raus. Ich brauche Geld.

Sie guckt in meinen Kühlschrank, findet alten Pudding und aufgeweichtes Eis. Der Stecker war ja gar nicht drin. Kein Strom, keine Kälte. Sie wirft auch Servietten weg. Ich habe es wohl bemerkt, sage aber nichts. Die schönen Servietten! Viel zu schade zum wegwerfen. Man kann sie gut nochmal benutzen. Ich hole sie wieder aus dem Mülleimer.

Ich soll nicht immer alle Kekse einpacken, die aufgetischt werden. Ich wickle sie in Servietten ein, für später. Und abends das Brot für den Hund. Er mag das. Sie soll es ihm mitbringen oder wenn ich mal wieder zu ihr kommen darf.

Wir gehen noch kurz raus. Sie hat nicht viel Zeit heute. Spazieren durch den Parkgarten. Die Blumen blühen hübsch. Es ist hier sehr schön angelegt. Hier kommt immer ein Gärtner her.

Ich hätte nie gedacht, dass ich nochmal einundachtzig werde. Ich wollte nie ins Heim, hatte eine so schöne Wohnung. Direkt am Park. Und mein Auto. Wo ist eigentlich mein Auto geblieben?

Wie lange muss ich denn hierbleiben?

Mein Zahn wackelt. Das Zahnfleisch tut weh. Meine Tochter ist mit mir zum Zahnarzt gefahren. Er will den Zahn ziehen. Aber er ist doch noch gut! Nein, ich will ihn behalten. Kann man denn gar nichts dagegen tun, dass das Zahn-fleisch zurück geht?

Die Blumen müssen raus auf den Balkon. Ich habe zwei schöne Blumentöpfe für meine Tochter. Sie wollte doch immer welche haben. Sie standen am Müll!

Und hier, zwei so schöne Kochtöpfe. Die will ich noch ein bisschen ausschmirgeln, der Boden ist stellenweise grau. Wozu ich die brauche? Na, wenn ich wieder zurück nach Hause gehe.

Ich wohne jetzt hier? Und Herr Köhn ist auch schon tot? Ich bin ganz verwirrt. Lass uns noch ein bisschen spazieren gehen. Wo ist jetzt meine Handtasche? Ach ja, da im Korb vom Rollator.

## Woher kommt das Geld?

Es dauert gar nicht lange, da finde ich bei einer Routineinspektion im Zimmer meiner Mutter in einer Schublade ihres Schränkchens einen Flachmann. Leer natürlich. Im Kühlschrank liegt eine Packung mit einem Hering. „Warst Du wieder mit zum Einkaufen?" frage ich scheinheilig, denn ich überlege fieberhaft, woher meine Mutter das Geld dafür haben könnte. „Naja, man muss ja auch mal ein bisschen raus," antwortet sie, während sie aufsteht und sich anzieht. Ich finde ihr Portemonnaie und sehe, dass noch mehr als fünf Euro drin sind. „Wo hast du denn das Geld her?" frage ich mit ernster Stimme. Natürlich bekomme ich keine plausible Antwort darauf, ich habe auch nichts anderes erwartet.

Wir gehen runter, machen einen Spaziergang und was wir meistens tun. Meine Gedanken kreisen fieberhaft um das Geld. Woher könnte sie es haben? Es müssen ja ungefähr zehn Euro gewesen sein. Das würde mit dem Einkaufsvolumen hinkommen. Hat sie etwa geklaut? Ich mag den Gedanken nicht.

Oder hat sie sich etwas geliehen? Sie erzählte letztens von einem neuen Bewohner, der mit anderen woanders zum Kaffeetrinken gehen würde. Wenn das stimmt, muss er sich das ja auch leisten können. Aber würde meine Mutter um Geld bitten? Ich kann es mir nicht wirklich vorstellen, ziehe aber die 'Geld-geliehen-Variante' allen anderen Möglichkeiten vor und frage mich durch. Ich frage die Heimbeirätin, Frau Wolle, ob sie etwas wisse und den einen oder anderen Pfleger, außerdem ihre nette Nachbarin. Alles ohne Erfolg. Die Herkunft des Geldes bleibt rätselhaft.

Erst ein ganzes Jahr später, als ich mal wieder mit einem Freund telefoniere, gesteht er mir, dass seine Mutter, die beste Freundin meiner Mutter, ihr das Geld geschickt hat. In einem Briefumschlag. Offenbar hatte meine Mutter sich am Telefon bei ihrer Freundin darüber beklagt kurz gehalten zu werden. Und da ihre Freundin nie wirklich wahrhaben wollte, dass meine Mutter ein Alkoholproblem hat, ließ sie Solidarität walten und schickte ihr Geld, das meine Mutter natürlich prompt in Alkohol umsetzte.

„Unfassbar", denke ich. „Wie kann man nur so töricht sein?"

Das Bild, das ich bisher von der Jugendfreundin meiner Mutter hatte, revidiert sich grade.


## Schlägerei


Es ist kurz vor Weihnachten. Bei mir hat sich schon vor Tagen eine Erkältung angekündigt. Ich habe Hals- und Kopfschmerzen. Schließlich bin ich so krank, dass ich mit leichtem Fieber und starken Kopf- und Gliederschmerzen auf der Couch im Wohnzimmer mein Quartier aufschlage. Hier habe ich alles was ich brauche: Den Fernseher, das Telefon, den Kühlschrank und das Bad. Ich hatte eh nicht vor großartig Weihnachten zu feiern. Vielleicht wäre ich mit meiner Mutter in die Kirche gegangen und wir hätten den Heiligen Abend miteinander verbracht. Doch nun verbringe ich die Weihnachtstage im Dämmerzustand zwischen Schlafen, Ruhen und Fernsehen. Ich sehe viel fern, alles was es so gibt. Ich weiß jetzt was ich tun muss, wenn ich von einem Hirsch angegriffen werde und dass Helene Fischer gar nicht richtig singen kann.

Ab und zu versuche ich meine Mutter telefonisch zu erreichen, doch ohne Erfolg. „Komisch", denke ich im Halbdelirium, „na vielleicht haben sie dort im Heim ein interessantes Weihnachtsprogramm."

Nach den Weihnachtstagen rufe ich auf der Station an. Glücklicherweise habe ich gleich eine Pflegerin am Apparat, die ich kenne. Es ist die nette Frau, die mit meiner Mutter besonders gut zurecht kommt. Sie geht in das Zimmer meiner Mutter und prüft das Telefon. Es ist mal wieder tot wie trocken Brot. Das ist schon häufiger vorgekommen. Manchmal habe ich den Verdacht, dass man im Zimmer meiner Mutter immer wieder alte Apparate anschließt. Wir testen das Telefon noch aus, ich rufe dort nochmal an, dann erneut auf dem Stationsapparat. Nein, das Telefon scheint wirklich richtig kaputt zu sein, es gibt keinen Mucks von sich. Kein Wunder, dass ich meine Mutter nicht erreichte. „Aber", sagt die Pflegerin, „gut, dass ich Sie dran hab. Ich will Sie nur vorwarnen, da kommt demnächst eine Beschwerde." „Aha", erwidere ich, „eine Beschwerde - wieso?" „Ja, Ihre Mutter war in eine Prügelei verwickelt."

Meine Fieberfantasie ist aktiviert. Ich versuche zu verstehen, was die Pflegerin meint. - In eine Prügelei verwickelt. Meine Mutter. - Ich sehe sie förmlich vor mir, wie sie ihren Gehwagen schwungvoll von sich schubst, behände zu einem Tisch hüpft, sich eine Blumenvase schnappt und mit erhobenen Armen auf den Angreifer oder wen auch immer zustürmt. Nein. Unmöglich.

Meine Mutter wird immer kleiner, sackt in sich zusammen, die Schultern sind inzwischen schmal, sie bekommt nicht mehr gut Luft und schiebt ihren Rollator mühsamer als früher über die holprigen Wege.

„Prügelei? Mit wem?" frage ich. „Mit Angehörigen, im Speisesaal. Ich habe das auch nur gehört und wir mussten ihre Mutter dann raufholen", ist die Antwort. Meine Gedanken kreisen gleich wieder. Mit Angehörigen? Waren meine Cousinen über Weihnachten zu Besuch? Ich verstehe das alles nicht.

„Mit welchen Angehörigen?" frage ich. „Mit der Angehörigen eines Bewohners. Die ist nicht so ganz ohne. Ich wollte sie nur schon drauf vorbereiten. Die Heimleitung wird deswegen auf sie zukommen." „Ja, danke, ich komme ohnehin in den nächsten Tagen vorbei", antworte ich, lege auf und mich wieder hin. Die spärlich beschriebene Szenerie geistert durch meinen Kopf und lässt mich schlecht schlafen.

Zwei Tage später, als es mir etwas besser geht, fahre ich ins Heim. Ich will meiner Mutter erst mal nichts von dem 'Vorfall' sagen. Kaum bin ich aus dem Fahrstuhl raus, steht auch schon die Heimleiterin neben mir, als hätte sie auf mich gewartet. Sie will lautstark auf dem Flur mit mir reden. Ich bekomme es irgend wie hin, dass wir in einen Besprechungsraum gehen, denn ich finde, es geht die anderen nichts an, was sie mit mir besprechen möchte. Das die Heimleiterin da nicht von selbst drauf kommt!

„Es hat einen Vorfall gegeben", fällt sie gleich mit der Tür ins Haus. „Ja, davon habe ich gehört", antworte ich und merke, dass ich sie damit verunsichert habe. Macht nichts. Im Gegenteil! „Ihre Mutter hat eine Angehörige eines Bewohners geohrfeigt", schmettert sie mir entgegen. „Geohrfeigt!" antworte ich, „das hat aber eine ganz andere Dimension, als die Geschichte, die ich bereits gehört habe. Das ist ja schon sehr heftig, wenn man jemandem ins Gesicht schlägt. Was ist denn da eigentlich vorgefallen?" Sie wüsste das auch nicht genau, hat dies auch nur gehört. Ich lächle und kann mich nicht zusammenreißen zu erwähnen, dass mich dass an das Kinderspiel 'Stille Post' erinnert: Einer denkt sich etwas aus, das er dem Nebenmann weitersagt, indem er es ihm ins Ohr flüstert. Der wiederum macht es mit seinem Nebenmann genauso und so geht es immer weiter. Am Ende kommt etwas heraus, dass mit dem, was der Erste gesagt hat, meist gar nichts mehr zu tun hat.

Ich würde gerne mit der Betroffenen klären, was denn nun genau vorgefallen ist und mich natürlich für meine Mutter entschuldigen, sage ich, und das mit dem Entschuldigen wiederhole ich mehrmals. Wie ich die Geschädigte denn erreichen könne, will ich wissen. Die Telefonnummer könne man mir aus Datenschutzgründen nicht geben, aber die Dame sei ja häufig hier im Heim. „Das muss dann ja zufällig passen, dass wir uns mal treffen", erwidere ich. „Ich lasse dann mal meine Telefonnummer da, die ist nicht geheim", antworte ich mit einem Unterton, der deutlich macht, wie deplatziert ich die Datenschutzaussage finde. Den Namen nennt die Heimleitung, aber die Telefonnummer, die man inzwischen googeln kann, nicht. „Wenn Sie so nett wären und sie der Betroffenen geben würden, dann kann sie mich anrufen und wir machen einen Termin."

Meiner Mutter gegenüber erwähne ich diesen angeblichen Vorfall im Speiseraum immer noch nicht. Ich will erst mal wissen, was wirklich los war. Kaum zwei Stunden später, als ich wieder zu Hause bin, klingelt das Telefon und die Betroffene ist am Apparat. Sie ist wirklich nicht ganz ohne, das höre ich schon an der schrillen Stimme. Um die Wogen zu glätten entschuldige ich mich vorsichtshalber vorab für ein unflätiges Verhalten meiner Mutter. Dann frage ich, was denn los gewesen sei. Sie erzählt, dass durch die Baumaßnahmen im Heim ihr Bekannter, der stark gehbehindert ist und mit dem Rollator nicht so schnell, neuerdings an einem Tisch zusammen mit meiner Mutter im Speisesaal sitzen würde. Er hätte entsetzliche Angst vor meiner Mutter, denn er befürchtet, dass, wenn er langsam mit seinem Gehwagen durch die Tür zum Speisesaal ruckelt und nicht so recht voran kommt, meine Mutter mit einem Messer von hinten auf ihn losgehen würde.

Ich denke, ich höre nicht richtig. Der Mann scheint ja eine echte Neurose mit Wahnvorstellungen zu haben und meine Mutter ist jetzt sein ausgemachtes Feindbild oder wie?

Ich echauffiere mich und mache deutlich, dass dies eine ganz schön starke Unterstellung ist und meine Mutter dadurch stigmatisiert wird. Wie er denn darauf käme und dass seine Ängste, woher auch immer sie rühren, nicht auf meine Mutter zu richten seien. Dass ich das 'unmöglich' fände und so weiter. Ich steigere mich da ein bisschen rein. Das zeigt offenbar Wirkung. Sie rudert daraufhin auch gleich zurück, muss aber doch noch einmal anfangen, meine Mutter schlecht zu machen. Sie würde ja immer(!) ihren Rollator so ungünstig abstellen, dass die Rollstuhlfahrer Probleme haben durch die Tür und zu ihrem Tisch zu kommen. Das hätte man meiner Mutter nun schon diverse Male gesagt, doch sie macht es immer wieder! Ich werfe dann beruhigend ein, dass ja zum Glück das ausgebildete Fachpersonal zur Verfügung und den Rollstuhlfahrern sicher hilfreich zur Seite stehen würde. Außerdem hätten alle Bewohner des Heimes einen Grund, weshalb sie dort leben. Sie brauchen alle Hilfe, auf unterschiedliche Art und Weise.

„Aber was war das denn nun für eine Prügelei oder Ohrfeige?" frage ich. „Die Heimleitung hat von einer Ohrfeige gesprochen." Nein, meine Mutter hätte nicht geprügelt und auch nicht geohrfeigt, erwiderte die Dame. Sie selbst hätte noch im Speiseraum gestanden. Meine Mutter sei dann auf sie zu gekommen, um mit ihr zu reden. Sie hätte dann gleich gesagt, dass sie mit meiner Mutter nicht mehr reden wolle. Daraufhin hätte meine Mutter eine wegwerfende Bewegung mit der Hand gemacht und ihr dabei einen Klaps auf den Oberarm gegeben.

Aha!

Die Angelegenheit war damit geklärt. Es bestand von Seiten der Betroffenen kein Wunsch mehr nach einem Treffen.

Mein Telefongespräch mit der Heimleitung wenige Tage später hinterlässt bei mir Zweifel an der Kompetenz selbiger. Nachdem ich erklärt habe, was bei dem Gespräch mit der betroffenen Dame heraus gekommen ist, mache ich den Vorschlag, die beiden 'Streithähne', die sich ja offenbar nicht mögen (was ich sogar verstehen kann), auseinander zu setzen. In ihrer Antwort kommt das Wort 'Problem' häufiger vor als Bitte und Danke an einem Tag. - Nein, das ginge nicht; man könne ja nicht; meine Mutter wolle ja nicht; Alte wollen immer; der alte Herr müsse ja; es ist nicht genug Platz - usw.

Ich kann es nicht mehr mit anhören und beschwichtige dann, dass ich natürlich nicht darauf bestehen würde, dieses Problem so zu lösen (obwohl ich diese Lösung einleuchtend und praktikabel finde) und dass das ja nur so eine Idee von mir gewesen sei. Im weiteren Gesprächsverlauf zieht Frau Heimleitung dann doch ganz zögerlich diese Lösung in Erwägung. Na also, denke ich dann und hoffe, dass diesbezüglich nun endlich Ruhe ist. Trotzdem mache ich mir natürlich so meine Gedanken. Wenn ich mir vorstelle meine Mutter hätte einen gesetzlichen Betreuer ... könnte es sein, dass sie schon längst medikamentös ruhig gestellt wäre? Fragen darf ich mich das ja.

*Liebe Mama,*

*ich erinnere mich noch, Du auch? An die lecke-re Torte, den Du häufig bukst, früher, als ich noch zu Hause wohnte und später, wenn ich zu Besuch kam und wenn viele Leute da waren. Meist zu Fei-ertagen, wenn die Kinder der „Doktorsleute" auch da waren und wir alle zusammen fast wie eine gro-ße Familie. Wir beide gehörten natürlich nicht richtig dazu, klar. Du warst ja immer noch das Dienstmädchen und ich Deine Tochter. Du hast mich gerne vorgezeigt. Ich habe es gehasst. Dann sollten die anderen Dich bewundern, weil Du so eine 'gut geratene' Tochter hattest. Ich fand mich nicht gut geraten.*

*Zu diesen Gelegenheiten hast Du ihn gebacken, diesen wunderbaren Kuchen mit dem einfachen Re-zept. Ich kann es heute noch auswendig, so oft habe ich ihn nach gebacken. Irgendwann stand er dann angeschnitten in der Küche und immer, wenn je-mand zufällig vorbei kam, fehlte hinterher eine kleine Ecke.*

*Mich hat es damals schon gestört, wenn man die Schubladen an den Schränken nicht richtig zu schob. Die Ecke im Kuchen störte mich auch und ich habe die Seite dann gerade geschnitten. Und nicht nur ich tat das. So wurde der Kuchen langsam, fast unmerklich kleiner und kleiner, bis er dann irgendwann weg war.*

*Deine Bärbel*


## Fliegende Blumenübertöpfe

Es ist neun Uhr morgens. Das Telefon klingelt. Es ist das Seniorenheim meiner Mutter, die Station auf der sie wohnt. Ich bekomme immer einen Schrecken, wenn sich das Heim telefonisch bei mir meldet. Es könnte ja etwas mit meiner Mutter geschehen sein. Diesmal aber: Nur zur Info, falls ich die Blumentöpfe suche. Meine Mutter hätte vom Balkonfenster aus Blumenübertöpfe gezielt auf vorbei gehende Passanten geworfen. Sie, die Pflegekraft der Station, hätte ihr die Blumenübertöpfe aus Sicherheitsgründen weg genommen. Ich solle nicht mehr so viele mitbringen. Aha. Ich versuche zu verstehen wovon sie eigentlich redet und antworte, dass ich gar keine

Blumenübertöpfe mitbringen würde. „Meine Mutter hat eigene Töpfe ins Heim mitgebracht und holt sich häufig aus der Abfallecke des Heimes Gegenstände, die dort abgestellt werden, weil sie zu schade zum wegschmeißen sind. Darunter sind auch ab und zu Blumenübertöpfe", antworte ich der Pflegerin.

Während ich das sage versuche ich mir vorzustellen, dass meine Mutter am Fenster des Balkons steht, nicht auf dem Balkon, sondern am Fenster, wie die Pflegerin sagte, und einen ihrer schönen Blumenübertöpfe in den Händen hält. Sie wartet und beobachtet die Straße, auf der nie viel los ist. Es ist eine Wohnstraße mit Tempo dreißig. Als dann endlich einer der wenigen Passanten vorbei geht, hebt sie den Topf hoch über ihren Kopf um Schwung zu holen, und wirft ihn gezielt aus der geöffneten Tür heraus über den Balkon, ungefähr fünfzehn Meter weit, auf den Passanten. Nein! Das glaube ich nicht. Das kann sie gar nicht schaffen.

Ein paar Tage später bin ich vor Ort und schaue zusammen mit einem Pfleger in den Pflegebericht. Verfasst wurde er von der Heimleitung. Dort steht, dass meine Mutter Obst und Blumenübertöpfe gezielt auf Passanten werfen würde. Daraufhin frage ich telefonisch bei der Heimleitung nach, wer das, was im Pflegebericht steht, eigentlich gesehen hat. Sie nicht, antwortet sie, irgend jemand von der nebenan liegenden Kirche muss das gewesen sein. Eine Telefonnummer von der Kirchengemeinde hätte sie nicht. Ich denke: Wie bitte? Wie kommt sie dazu so etwas in den Pflegebericht zu schreiben, ohne es selbst gesehen zu haben, ohne zu wissen, wer es gesehen hat und wie man denjenigen kontaktieren kann? Mir kommt das Ganze sehr seltsam vor.

Nach einigen Recherchen habe ich den ehemaligen Hausmeister der Kirche am Apparat, der jetzt, wie er sagt, immer noch Gartenarbeiten rund um die Kirche übernimmt. „Ich habe gar nichts gesehen", sagt er. Er hätte nur bemerkt, dass auf dem Weg zur Kirche plötzlich ein Stück Obst lag. Daraufhin hätte er nach oben geschaut zum Gebäudekomplex des Heimes und jemanden an einem Fenster stehen sehen. Woher er nun zu wissen meinte, dass es sich dabei um meine Mutter handeln würde, erschließt sich mir nicht. Das Haus hat vier Stockwerke und einen Balkon eng neben dem anderen. Da stehen schon öfter mal Bewohner an Fenstern und gucken raus. Ich selbst habe lange gebraucht auf Anhieb den Balkon meiner Mutter zu finden, wenn ich einmal wöchentlich die Straße entlang fahre. „Blumenübertöpfe sind nicht gefallen, schon gar nicht mehrere", sagt der ehemalige Hausmeister. Obst sei es gewesen, ein Stück Obst. Das sei sehr unschön und es könne ja auch jemand darauf ausrutschen. „Ja, Sie können sich auf mich berufen." Dann teile ich der Heimleiterin mit, was ich herausgefunden habe und bitte sie, ihre Eintragung im Pflegebericht zu entfernen. Wie ein weiterer Blick in den Bericht einige Tage später zeigt, hat sie es nicht gemacht. Es ist nur durchgestrichen worden. Ich bin gewarnt und diesbezüglich sehr aufmerksam geworden.

Grundsätzlich kann es schon sein, dass meine Mutter Obst vom Balkon wirft. Sie hat früher auch immer etwas für die Vögel in den Garten geworfen. Das mache ich übrigens auch. Die Amseln freuen sich sehr über Äpfel im Winter. Doch das ist etwas ganz anderes als Blumenübertöpfe, die gezielt auf Passanten geworfen worden sein sollen. Haben dort einige Leute eine blühende Fantasie oder wie kommt man auf so was? Ich werde es wohl nie erfahren, aber ich werde es mir bald denken können.

## Aggressionen

Wenige Tage später werde ich erneut von einer Pflegekraft angerufen. „Ihre Mutter ist in der letzten Zeit immer so aggressiv und da müsste man mal was machen", sagt sie. „Wie meinen Sie das? Wollen Sie sie ruhig stellen?", antworte ich ganz direkt. Nein, nein, so sei das nicht gemeint gewesen. Aber ein Neurologe könne sie ja mal untersuchen. Ich könne ja auch dabei sein. Ob ich dann dabei sein wolle. Selbstverständlich will ich das! Zu einer Untersuchung bei einem Neurologen ist es nie gekommen.

Offenbar gibt es im Seniorenheim eine Märchenschmiede. Zu welchem Zweck sei dahin gestellt. Kleine, eigentlich alltägliche Vorfälle, wie z.B.

Unstimmigkeiten unter den Heimbewohnern, werden durch das Prinzip 'Stille Post' zu einer Prügelei. Aus einem Stück Obst wird eine große Unfallgefahr. Zusätzlich verwandelt sich dieses Obst durch magische Kräfte in mehrere Blumentöpfe. Niemand hat es gesehen, aber diese Märchen werden ungeprüft in den Pflegebericht geschrieben. Von der Heimleitung! Wahrscheinlich ist der Pflegebericht das größte Märchenbuch überhaupt.

Auf meine Frage, ob sie denn Obst raus geworfen habe, antwortet meine Mutter: „Ach, was die immer haben." Ich habe selbstverständlich darauf bestanden, dass die Übertöpfe wieder ins Zimmer meiner Mutter zurück gebracht werden müssen. Sie sind schließlich ihr Eigentum. Und dann dachte ich, wie traurig es doch eigentlich ist, dass meine Mutter sich jetzt, wo sie so alt und hilfsbedürftig geworden ist, alles Mögliche gefallen lassen und über sich ergehen lassen muss. Und was wohl wäre, wenn sie mich nicht als Betreuerin hätte.

## Das zerstörte Bild

Meine Mutter hatte eine Jugendfreundin. Sie und ihre Freundin hielten bis zu deren Lebensende zusammen, obwohl es eine merkwürdige Freundschaft war. Meine Mutter war immer in der schwächeren Position, nie gleichberechtigt, schon gar nicht überlegen. Ihre Freundin war das Alphatierchen in der Freundschaft und auch in ihrer Familienposition mit Mann und drei Söhnen. Da muss man sich behaupten können. Irgendetwas an dieser Freundschaft muss meiner Mutter nicht gefallen haben. Sie hat zwar nie etwas dazu gesagt, aber eine Begebenheit sprach für mich Bände.

Nach dem Tod ihrer Freundin, die immerhin dreiundachtzig Jahre alt wurde, habe ich mit einem ihrer Söhne Fotos von früher ausgetauscht und ein hübsches Bild von meiner Mutter und ihrer Freundin am Strand unter einem Sonnenschirm gefunden. Dieses Foto ließ ich, wie man es heutzutage preisgünstig machen lassen kann, vergrößert auf eine Leinwand drucken und auf einen Rahmen ziehen. Zu Weihnachten schenkte ich meiner Mutter dieses Erinnerungsbild an ihre langjährige Jugendfreundschaft. Sie tat auch, als freue sie sich, doch zwei Wochen später, fand ich nur noch den Holzrahmen mit Fetzen von der Leinwand vor. Ich war schockiert und auch verletzt, denn mit diesem Bild wollte ich ihr ja eine Freude machen. Meine Mutter sagte nichts dazu, machte nur eine wegwerfende Handbewegung.

Ich brauchte ein wenig um meine Enttäuschung zu verarbeiten. Wenn die eigene Mutter sich 'zurück entwickelt', wie man so schön sagt, und vergesslich und tüdelig wird, muss man lernen, dass sich das Mutter-Kind-Verhältnis verändert und fast umkehrt. Man darf so ein Verhalten nie persönlich nehmen. Das weiß ich alles, aber es ist mir trotzdem sehr schwer gefallen.

Ich frage mich natürlich, was meine Mutter veranlasst hat, dieses Bild zu zerstören. Vielleicht hat sie an die abgebildete Situation gar keine gute Erinnerung. Vielleicht kam aber auch ungelebte Wut zum Ausdruck. Ich werde es nie erfahren. Meine Mutter spricht darüber nicht. Sie hat nie darüber gesprochen wie sie sich fühlt. Jedenfalls nicht mit mir. Und die Unterhaltungen mit Nachbarn und Freunden, die ich als Kind und Jugendliche und später als Erwachsene mitbekommen habe, lassen auch die Vermutung zu, dass solche Dinge nie ein tiefer gehendes Thema waren. Es wurde meistens über andere geredet. Wenn man sich traf, auf der Straße oder im Laden oder sonst wo, sich grüßte und stehenblieb und fragte, wie es denn ginge, hörte ich eigentlich immer nur eines: „Es muss ja." Und dann ging das Getratsche los.

## Der verschwundene Schlüssel

(Die Zweite)

Eigentlich wollten wir heute spazieren gehen. Gestern war das Wetter sehr schön frühlingshaft mit Sonne und angenehmen Temperaturen. Doch heute ist es den ganzen Tag bedeckt und bissig kalt. Ich habe jedenfalls keine Lust spazieren zu gehen. Mir läuft schon auf dem kurzen Stück zum Auto die Nase. Bevor ich zu meiner Mutter fahre, halte ich am Wochenmarkt an. Überall gibt es jetzt Frühlingsblüher in vielen Farben. Ich habe den Balkonhängetopf mitgenommen und lasse beim Gärtner zwei Töpfchen bunte Hornveilchen und einen Topf rote Bellis hineinstopfen. So hat sie jetzt schon etwas Buntes auf dem Balkon. Die Balkonkästen werden vom Heim aus ja erst im Mai bepflanzt.

Als ich ankomme, um ca. 15.20 Uhr, liegt meine Mutter im Bett. Die Luft in ihrem Zimmer riecht wie immer muffig und verbraucht. Ich reiße gleich als erstes die Balkontür auf und stelle einen Hocker davor, damit sie nicht wieder zu fällt. Meine Mutter begrüßt mich etwas müde und unwirsch, berappelt sich dann aber, als ich darauf anspiele, dass sie noch im Bett liegt. Schließlich gibt es nur noch eine halbe Stunde lang Kaffee! Naja, sie würde ja gar nicht dauernd im Bett liegen, sie hätte sich nur nach dem Essen etwas hingelegt. „Essen gibt's um 12", erwidere ich. „Wenn wir noch Kaffee trinken wollen, müssen wir jetzt runter gehen." Sie steht auf und zieht sich eine lange Hose an. Ich hänge den Topf auf den Balkon. Sie registriert ihn kurz. Dann gieße ich den anderen Topf mit den fast vertrockneten Primeln. „Die brauchen auch mal Wasser", sage ich, „es sind ja noch Knospen dran."

Auf meine Bitte hin kämmt sie sich. Dann zieht sie sich die warme Fleecejacke an. Mit geübtem Blick überfliege ich das Zimmer und die herumliegenden Sachen. Es ist mal wieder mehr Obst auf dem Tisch, als sie essen kann. Zwei Joghurtbecher stehen auch ungekühlt herum. Aber von den vielen benutzen Servietten ist nicht viel zu sehen. Komisch, denke ich kurz. Dann suche ich ihren Schlüssel. „Wo hast Du denn deinen Schlüssel?", frage ich. Sie ist ratlos, tastet ihre Hosen- und Jackentaschen ab, schaut sich um. „Keine Ahnung", sagt sie. Ich habe auch keine Ahnung. An den gewohnten Plätzen ist er nicht. Auch in den Schubladen nicht und nicht im Schrank. Nicht im Bad und nicht in der Handtasche. Was ich denn jetzt suchen würde, fragt sie. „Den Schlüssel", antworte ich und gucke weiter. Ich öffne ihre Kulturtasche, die auf einem Hocker neben der Balkontür steht, und finde zuhauf benutzte Servietten (da sind sie ja) - aber keinen Schlüssel.

Ich sage ihr, dass wir dann erst mal Kaffee trinken gehen wollen, den Schlüssel könnten wir ja hinterher noch in Ruhe suchen. Sie müsse die Tür dann eben mal offen lassen. „Es kommt ja keiner rein," sagt sie mehrmals hintereinander. „Nein, es kommt keiner rein," bestätige ich. Dann stelle ich fest, dass sie mal wieder die ältesten, abgenutztesten und verschrammtesten Schuhe an hat, die sie besitzt. Als ich das sage dreht sie sich beleidigt um, grummelt irgendwas und zieht sich andere an.

Unten angekommen setzen wir uns in den großen Aufenthaltsraum, in dem der französischstämmige Pfleger wieder einen französischen Liedernachmittag für einige wenige interessierte Bewohner veranstaltet. Seitdem ich ihn das erste Mal dabei erlebt habe, ist er mir richtig sympathisch geworden. Vorher mochte ich ihn nicht, weil er oben auf der Station meine Mutter mit ihrer Alkoholsucht aufgezogen und lächerlich gemacht hatte. Nachdem ich ihn zweimal dabei erwischt und ermahnt hatte, beschwerte ich mich beim Bereichsleiter. Dann war endlich Ruhe damit und der Franzose guckt mich neuerdings etwas schüchtern an. Diesmal hat er schöne alte Chansons herausgesucht, von Edith Piaf, Charles Aznavour usw. Die Musik ist angenehm, nicht zu laut. Zwischendurch stellt er immer wieder Fragen an die Zuhörer. Allen macht es offensichtlich Spaß.

Meine Mutter und ich sitzen etwas abseits und hören zu. Ich hole die mitgebrachten Osterkarten aus der Tasche, schreibe nette Grüße drauf und lasse meine Mutter unterschreiben. „Ich soll das jetzt unterschreiben?", fragt sie. „Ja", antworte ich. „Die ist für Marianne." Die zweite Karte ist für Anke und die dritte? Sie will keine mehr schreiben, an niemanden! „An Ulla?", frage ich. „Ulla würde sich freuen. Ihr Mann ist kurz vor Silvester gestorben und deshalb ist sie sehr traurig. Sie würde sich über einen Ostergruß sehr freuen." „Ach, der ist gestorben? Wie schrecklich", sagt meine Mutter. „Ja, mit nur 51. Herzinfarkt." Ich hatte ihr das schon mehrmals erzählt, auch dass er dick war, geraucht und gesoffen hat und keinen Sport trieb. Aber jetzt habe ich keine Lust mehr es nochmal zu sagen. Sie unterschreibt die Karte. Dann schiebe ich ihr das Foto von Ulla und ihren Schwestern hinüber. Letztes Wochenende traf ich die drei im Hause einer meiner Kusinen. „Wer ist das denn?", fragt meine Mutter streng. Ich sage es ihr, und nachdem ich das dreimal gemacht habe, schreibe ich die Namen hinten auf das Bild. Sie erkennt weder Ulla noch Marianne wieder. Anke schon. „Die kenn' ich ja", sagt sie.

Ich beschrifte die Briefumschläge während Edith Piaf singt und meine Mutter das Bild anstarrt. Die Stimmung ist gut im Aufenthaltsraum. Hinten in der Ecke spielen immer die selben Bewohnerinnen Brettspiele. Rechts von uns liest eine alte Dame eine Tageszeitung. „Wer ist denn das?", fragt meine Mutter noch mehrmals. Geduldig erkläre ich es immer wieder, weise sie darauf hin, dass hinten drauf die Namen stehen und dass das Bild für sie ist. Ich soll auch schön von den Dreien grüßen. Sie steht auf, muss mal aufs Klo. Ich lese unterdessen auch in einer Tageszeitung und höre mit einem halben Ohr dem Franzosen und der Musik zu. Meine Mutter kommt zurück. Sie pustet wieder. In der letzten Zeit fällt ihr das Luftholen öfter mal schwer. Dann atmet sie tief durch den Mund und ihr schlechter Atem streift meine Nase. Sie hat mal wieder ihre Zähne nicht geputzt. Ich hatte auch vergessen sie daran zu erinnern.

Manchmal ist ihr Geruch für mich kaum zu ertragen. Aber hier, in dem großen Raum geht es.

Der Franzose ist fertig, baut alles ab und schiebt eine Teilnehmerin nach der anderen hinaus. Wir wollen dann auch wieder hoch gehen, den Schlüssel suchen. Ich bringe noch schnell die Kaffeetasse und die Gläser zurück, dann machen wir uns auf zum Fahrstuhl.

**Der Schlüssel ist weg**

Der Schlüssel ist weg. Sie weiß nicht mehr wo sie ihn hingelegt hat. Normalerweise befindet er sich sichtbar durch das lange, gelbe Schlüsselband, irgendwo auf ihrem Sekretär oder in der Handtasche. Doch diesmal nicht. Das kam vor längerer Zeit schon einmal vor. Damals habe ich mich darüber noch aufgeregt, denn ein Schlüssel würde, wenn er tatsächlich verloren geht, 35,- Euro kosten, sollte man ihn nachmachen lassen wollen. Wir hatten damals alles durchgesucht. Dann behauptete meine Mutter, sie hätte ihn beim Spazieren gehen verloren. Die Pflegekräfte, mit denen ich sprach, sagten, sie hätten meine Mutter öfter auf einem kleinen Hügel hinter dem Heim am Waldesrand stehen sehen. Vielleicht hätte sie den Schlüssel dort verloren.

Wir sind alles abgelaufen. Wir liefen die Wege entlang, die sie so nimmt, ich guckte immer nach unten, links und rechts in den Bewuchs, der derzeit noch nicht wieder grün war. „Wenn das erst mal bewachsen ist, findet man nichts mehr", dachte ich. Drei Wochen lang war die Suche mal mehr, mal weniger intensiv. Doch wir fanden ihn nicht wieder. Dann eines Tages war der Schlüssel wieder da. Ein Pfleger hatte ihn gefunden: Zwischen der sauberen Bettwäsche, die in dem kleinen Schrankwagen auf dem Stationsflur lagerte. Meine Mutter muss ihn zwischen gestapelte Laken geschoben haben. Deshalb gucke ich auch gleich wieder in diesen kleinen Wagen, schiebe meine Hände zwischen die Bettwäsche. Doch diesmal liegt dort nichts. Auch weiter unten hinter den Türen werde ich nicht fündig. Es nervt meine Mutter, dass ich suche. Was ich denn suche, will sie wissen. „Na den Schlüssel, den du verlegt hast," antworte ich. „Achja," antwortet sie und kruschtelt in ihrem Nachtschrank herum. Sie öffnet die Schublade und findet ihr Schmuckkästchen, nimmt jedes Schmuckstück einzeln heraus. Sie hat wohl schon wieder vergessen, worum es geht. Ich zögere ihren ganzen Schrank leer zu räumen. Sie könnte den Schlüssel schließlich auch zwischen die Pullover, die inzwischen auf den Schuhen unten im Schrank aufgestapelt sind, geschoben haben. Was ich denn eigentlich suchen würde, will sie wieder wissen, weil es sie nervt, dass ich so viel Unruhe in ihr Zimmer bringe. „Na deinen Schlüssel," antworte ich, noch immer geduldig. Ich wundere mich selbst über meinen freundlichen Tonfall, denn ich bin auch schon leicht genervt. Auf ein Ausräumen des Schrankes habe ich jetzt keine Lust und eigentlich wollte ich mit ihr spazieren gehen, denn das Wetter ist so schön. Es sonnig und gar nicht so kalt. Deshalb schiebe ich meine Hand nur oberflächlich zwischen die Pullis, finde dort aber nichts. Nachdem ich noch einmal durch bin in ihrem Zimmer und den Schrank auf dem Stationsflur ebenfalls ein weiteres Mal untersuchte, habe ich keine Lust mehr. „Lass uns jetzt mal ein bisschen frische Luft schnappen", sage ich, „der Schlüssel wird sich schon wieder an finden." Sie steht auf, ist ganz zerzaulelt am Kopf. „Du musst auch mal wieder zum Frisör gehen", sage ich, „kämm' dich doch noch mal, bevor wir runtergehen." Sie hebt ihre Hand, fährt sich übers Haar, sagt: „Ja" und schlurft ins Bad. Sie ist schon wieder leicht überfordert, das merke ich. Ich bin zu schnell mit dem, was ich sage. Zu viele verschiedene Themen zu kurz hintereinander. Dann kommt sie wieder heraus aus dem Bad. „So, was wollen wir jetzt?" fragt sie leicht gereizt. Ich bleibe freundlich. Es hat ja keinen Zweck sich aufzuregen. Das kenne ich schon. Sie ist genervt über sich selbst, dass sie so viel vergisst und nur noch so wenig kann und dass ihr Schlüssel weg ist. Der war für sie immer so wichtig. Sie hat ihr Zimmer immer abgeschlossen. „Sonst schnüffelt da nachher jemand drin rum", war ihre Meinung. Jetzt muss sie die Tür offen lassen.

*Liebe Mama,*

*Du warst eine pragmatische Frau und übernahmst im Laufe der Zeit hausmeisterliche Tätigkeiten in Deinem Wohnblock. Zum Beispiel verkauftest Du Waschmarken für die Waschmaschinen und Trockner, die im Keller standen, an die im Dachgeschoss wohnenden Studenten. Du fegtest und wischtest die gesamte Treppenhaustreppe für alle. Du sorgtest dafür, dass abends die Haustür abgeschlossen war und schautest allgemein nach dem Rechten. Außerdem warst Du sozusagen in Dauerbereitschaft für die „Doktorsfrau". Seit deren Mann das Zeitliche im bescheidenen Alter von 89 Jahren gesegnet hatte, war sie ja allein. Die Kinder waren groß, ihre Enkel sehr süß aber auch sehr lebhaft und deshalb oft störend und Du wohntest ja unten im selben Haus. Da brauchte sie bloß anrufen und Du gingst rauf, stets zu Diensten. Auch am Wochenende. Offenbar hat dich das genervt. Du warst jedoch nicht in der Lage klare Grenzen zu setzen. Du hast Deine Fahne immer in den Wind gedreht. Das machst Du heute noch. Wahrscheinlich war es für Dich eine ideale Über- lebensstrategie. Frühkindliche Prägung in schwie- rigen Zeiten? Du schmücktest Dich in Gesprächen mit anderen damit, für Leute zu arbeiten, die es zu etwas gebracht hatten. Mir war das peinlich aber du wertetest dich dadurch auf. Doch später, als Du selbst an die Siebzig warst und die alte Dame Dir mehr und mehr mit ihrem Anspruch auf die Nerven ging, wendete sich das Blatt. Du fuhrst einfach in den Urlaub, kurz bevor die Frau starb, obwohl Du wusstest, dass es zu Ende ging. Als sie gestorben war, kommentiertest Du das nur mit: „Na, irgend- wann muss ja auch mal Schluss sein." Das hat mich dann doch etwas überrascht.*

*Deine Bärbel*

## Das andere Heim

In dem anderen Heim, in dem meine Mutter vorher war, wurde geschnüffelt. Meistens waren es wohl die anderen Heimbewohnerinnen, die ihre Türen nicht nur nicht abschlossen, sondern sogar weit offen stehen ließen. So bekamen sie immer mit, wer vorbei ging. Da meine Mutter aber ihre Tür schloss, waren sie besonders neugierig. Ihre Tür war anfangs nicht abschließbar, ich musste erst einen Schlüssel beantragen. Bis der Schlüssel dann da war, wurde meine Mutter schon beklaut. Nichts wirklich Wertvolles kam abhanden, den Schmuck hatte ich ja bereits bei mir zu Hause gelagert. Aber wenn einem etwas gestohlen wird, das einen ideellen Wert hat, ist das genau so schlimm. Ihr fehlte zum Beispiel plötzlich ein Stoffblumengebinde, eine rote Rose mit viel Grün drum herum das schon seit Jahren auf ihrem Fernseher lag. Sie hatte es von einer Freundin, die gelernte Floristin war, geschenkt bekommen, und offenbar sehr gemocht. Ich konnte mich auch nicht mehr daran erinnern, es nicht auf ihrem Fernsehapparat liegen gesehen zu haben. Es war zu einer Art festem Einrichtungsgegenstand geworden. Eines Tages war es weg. Man sah nur noch den staubfreien Abdruck des Blumengebindes.

Angebliche Nachforschungen der Pfleger auf der Station hatten nichts ergeben. Das Ding blieb verschwunden. Ich kaufte dann irgendwann ein ähnliches Gebinde, allerdings in rosa, weil es kein rot gab, und platzierte es wieder auf dem Fernseher. „Vielleicht erinnert sie sich ja nicht mehr an das Alte", dachte ich damals. Ich weiß es bis heute nicht. Sie hat nie drüber gesprochen, wie sehr ihr dieser Diebstahl etwas ausgemacht hat, aber schön war es für sie nicht, das merkte ich. Nebenbei ist dort auch noch die selbstgemachte Kerze ihrer Nichte kaputt gegangen. Die Kerze stand immer auf dem Sekretär und irgendwann war die Spitze angebrochen. Natürlich kann sie auch meiner Mutter runter gefallen sein. Doch die kleinen Tonvögelchen, die Rotkehlchen, die sie in der Töpferei des Ortes gekauft hatte, in dem ich aufgewachsen war, also vor etwa 40 Jahren, waren jetzt auch beschädigt. Die Schnäbel waren angebrochen. Schade. Nun hatte sie sie so lange gehütet und dort kam jemand einfach in ihr Zimmer, 'schnüffelte' herum, wie sie sagen würde und machte, wahrscheinlich unabsichtlich, etwas kaputt. Das muss sich anfühlen wie nach einem Einbruch. Und Einbruchsopfer sind traumatisiert. Zumindest trägt dieser Umstand nicht zum Wohlbefinden bei.

Das Blumengebinde war aber nicht das Einzige, was in dem Heim abhanden kam. Eine Thermoskanne, die ich meiner Mutter extra gekauft hatte, war auch kurze Zeit später unauffindbar. Sie hatte einen Edelstahleinsatz, damit sie nicht gleich kaputt geht, sollte sie mal runter fallen. Sie war sogar mit dem Namen meiner Mutter beschriftet. Ebenso fehlte eine namentlich gekennzeichnete Schaufel mit Handfeger. Und weil dort noch mehr im Argen war, bemühte ich mich um einen anderen Heimplatz.

*Liebe Mama,*

*ich weiß, Du wolltest nie in ein Heim. „Lieber einfach umfallen und weg sein", sagtest Du öfter. Aber es ging nicht mehr in Deinem Zuhause. Lange habe ich gezögert Dich aus Deinem gewohnten Umfeld heraus zu nehmen. Doch auf Dauer konnte ich nicht einmal wöchentlich 100 km in eine andere Stadt fahren. Ich musste für Ordnung in Deiner Wohnung sorgen, den Kühlschrank aufräumen und die aufgerissenen Packungen mit den angetrockneten Lebensmitteln wegschmeißen, Schränkchen, deren Türen zerbrochen waren, entsorgen, neue kaufen und aufbauen und gleichzeitig mit Dir eine schöne Zeit verbringen, Dich betreuen und Dinge erledigen, die Du alleine nicht mehr schafftest.*

*Du hattest ständig neue Hämatome, weil Du öfter hinfielst. Offenbar bist Du, wenn Du nachts raus musstest, mit dem Kopf ans Waschbecken gestoßen oder sonst wie gestürzt. Weißt Du das nicht mehr? Häufig hatte ich den Notarzt am Telefon, wenn ich zurück zu Hause war und mich bei Dir meldete. Den Inhalt eines Päckchens, das meine Cousine Ulla für mich an Deine Adresse geschickt hatte, fand ich völlig zerpflückt und auseinander genommen in Deinem Schlafzimmer. Du wusstest angeblich von nichts, das behauptetest Du jedenfalls. Der*

*täglich vorbeischauende Pflegedienst, den ich ein-*
*geschaltet hatte, reichte nicht mehr aus.*

*Als ich einmal für ein paar Tage im Urlaub war,*
*wurdest Du von einem Mitarbeiter des Pflegediens-*
*tes bestohlen. Es fehlten 350,- €, Dein Fotoapparat*
*und eine Lampe. Die Polizei Deiner Heimatstadt*
*hat deshalb ca. ein Jahr später bei mir zu Hause*
*angerufen und mich bezüglich abhandengekomme-*
*ner Dinge befragt, weil das wohl häufiger vorkam*
*und irgendjemand es zur Anzeige gebracht hatte.*
*Aber da warst Du bereits in im Heim.*

*Langsam aber sicher begannst Du zu verwahrlo-*
*sen. Sogar Dein netter, alter Nachbar, der wenig*
*später, nachdem ich Dich zu mir geholt hatte, ver-*
*starb, wunderte sich über Dein Erscheinungsbild.*
*Du seist doch immer so adrett gewesen.*

*Für eine betreute Wohnung war es da schon lange*
*zu spät. Ich hatte mich ein paar Jahre vorher be-*
*reits darum bemüht und es wäre auch finanziell*
*möglich gewesen so eine Wohnung, bei der man*
*sich Dienstleistungen nach Bedarf dazukaufen*
*kann, zu mieten. Doch Du wolltest das nicht und*
*kamst ja auch noch ganz gut alleine zurecht.*

*Als das dann alles nicht mehr ging besorgte ich in*
*meiner Nähe ein Einzelzimmer in einem Heim, das*
*bezahlbar war. Dann bin ich zu Dir gefahren. Ich*
*habe lange überlegt, wie ich es anstellen soll, dass*
*Du mitkommst und habe Dir dann gesagt, dass wir*

*jetzt verreisen und Du Sachen packen sollst. Doch Du hattest den Braten gerochen und warst skeptisch. Dann musste ich Dich anlügen und habe gesagt, dass Du erst mal zur Erholung solltest. Das akzeptiertes Du. Gut habe ich mich nicht dabei gefühlt, glaube mir. Es wäre mir lieber gewesen, wenn Du aus einem eigenem Entschluss heraus mit gekommen wärst.*

*Anfangs machte das Heim einen ganz guten Eindruck auf mich. Nur der Weg dorthin war irgendwie skurril. Aber vielleicht habe nur ich das so empfunden. Die Anlage lag am Ende einer kleinen Straße, einer Sackgasse mit Wendehammer. Rechts befanden sich Schrebergärten, doch linker Hand lag ein Friedhof und dahinter das Seniorenheim. Manchmal, wenn ich dort lang fuhr, dachte ich, dass das ja makaber sei. Ob das wohl schon mal jemandem aufgefallen war? Wie eine Endstation: Erst kommt man ins Heim, dann auf den daneben liegenden Friedhof. Du hast das glaube ich gar nicht bemerkt.*

*Ich bin ganz froh, dass Du da jetzt weg bist. Doch irgendwas ist immer. Egal wo.*


*Deine Bärbel*

## Der Schlüssel bleibt verschwunden

Der Schlüssel zum Zimmer meiner Mutter hat sich bis heute nicht wieder angefunden. Inzwischen hat sie auch schon meistens vergessen, dass es je einen gab. Nur manchmal, wenn wir rausgehen wollen, fragt sie noch danach. Ich muss ihr dann immer wieder sagen, dass er verlegt wurde, tröste dann aber damit, dass er sich bestimmt bald wieder anfinden wird. Ich habe immer noch keine Lust und Zeit ihren Kleiderschrank daraufhin ein weiteres Mal auszuräumen. Ich muss mir auch etwas überlegen, um diese Tat plausibel zu begründen. Meine Mutter würde es sonst als Einbruch in ihre Privatsphäre empfinden. Außerdem ist das Wetter jetzt im Frühling wieder so, dass ich lieber mit ihr Spazieren gehe oder sie zu einem Ausflug mitnehme. Ich verbringe die Zeit lieber so mit ihr als nach diesem dämlichen Schlüssel zu suchen. Das kann ich im Herbst, wenn es kalt und unwirtlich ist, immer noch machen.

## Osterausflug

Ich habe keine Lust schon wieder nur in dieser Stadt einen Ausflug zu machen. Bei mir zu Hause will ich meine Mutter auch nicht haben. Ich habe grade viel Arbeit und alles ist unaufgeräumt und ich habe irgendwie Sehnsucht nach Kiel und der Ostsee. Es gibt dort am Bülker Leuchtturm einen schönen Weg am Strand entlang zum Spazierengehen. Das Wetter ist zwar nicht gerade einladend, doch ich hege die Hoffnung, dass es an der Küste aufklaren wird. Also packe ich meine Sachen und hole meine Mutter ab und wir fahren nach Kiel. Erst will sie nicht so recht. Als ich ankomme liegt sie mal wieder im Bett. Dann berappelt sie sich und zieht sich an. Etwas unwillig packt sie auch noch eine Mütze, einen Schal und Handschuhe ein.

Als wir in Kiel am Meer ankommen ist sie auch erst nicht wirklich begeistert. Sie erinnert sich überhaupt nicht mehr an den Leuchtturm und daran, dass wir früher häufig hier am Strand waren. Dann gehen wir den Rollator tauglichen Weg weiter und sie beginnt die Aussicht auf das Wasser und den Strand zu genießen. Gut, dass sie den Schal und die Mütze mitgenommen hat. Es ist kühl, es weht ein frischer Wind, aber die Sonne kommt zwischendurch raus. Zwei Stunden sind wir dort und laufen herum. Dann fahren wir wieder nach Hause.

Ein paar Tage später erinnert sie sich schon nicht mehr daran. Aber egal, für mich war es wichtig dort mal wieder gewesen zu sein und auch sie hat diesen Spaziergang genossen.

*Liebe Mama,*

*eigentlich hast Du immer zu mir gehalten. Zu wem auch sonst? Du hattest ja sonst niemanden. Das war mir aber, als ich jung war, lange Zeit nicht bewusst.*

*Irgendwie war das Zusammenhalten immer klar. Blut ist halt dicker als Wasser, auch wenn es Reibereien gab und man schlecht behandelt wurde. Ich weiß nicht warum Du schlagen über viele Jahre als Erziehungsmethode praktiziertest. Ich weiß nur, dass ich es Dir bis heute nicht verziehen habe. Selbst wenn ich es wollte, es hat damals etwas in mir zerbrochen. Es hat eine innige Verbindung zu Dir gar nicht entstehen lassen, obwohl ich mich als kleines Mädchen danach gesehnt hatte.*

*Als ich dann aus dem Haus war, bist Du nie aufdringlich gewesen. Manchmal meldete ich mich ein Vierteljahr lang nicht bei Dir. Und auch Du rührtest Dich nicht. Wolltest Du mich nicht stören oder hattest Du anderes zu tun? Ich war lange sehr froh darüber, dass ich mich nicht um Dich kümmern brauchte.*

*Manchmal riefst Du zögerlich an einem Sonntag an und hinterließt auf unserem Anrufbeantworter die Nachricht, dass Du uns nur einen schönen Sonntag wünschen wolltest. Ich habe diese Anrufe damals gar nicht zu schätzen gewusst. Heute vermisse ich sie.*

*Deine Bärbel*


## Orgelmusik


Weil ich am Freitag, meinem üblichen Besuchstag, keine Zeit habe, fahre ich gleich nach meiner Einkaufstour am Mittwoch zu meiner Mutter ins Heim. Ich habe 2 Flaschen Korn besorgt, denn am Freitag wären die Vorräte zur Neige gegangen. Außerdem habe ich in einer Apotheke kleinere „Medizinfläschchen" gekauft. Sie bekommt zur Zeit täglich 0,1l Schnaps, 0,075l Flaschen gibt es nicht. Also habe ich 0,05l Fläschchen gekauft. Ich hoffe, das die Halbierung der täglichen Dosis nicht zu groß ist. Deshalb habe ich gezögert den billigsten Korn mit dem niedrigsten Alkoholanteil zu kaufen, sondern griff zum „Doppelkorn". Keine Ahnung ob es einen Unterschied macht. Aber mein Gewissen ist ein wenig beruhigt. Das ist doch auch schon mal was.

Als ich ankomme sitzt sie mit vielen anderen im Eingangsbereich und wartet darauf, dass es Mittagessen gibt. Essen gibt es um 12.00 Uhr. Ich bin um 11.15 Uhr da. Sie erkennt mich sofort und ist sehr erfreut mich zu sehen. Das freut mich natürlich auch, aber ich sehe, dass ihre Haare sehr ungepflegt in alle Richtungen abstehen. Ich begrüße sie kurz und sage, dass ich gleich wiederkomme. Ich fahre dann auf die Station und gebe die Flaschen ab. Der nette Pfleger will noch mit mir klönen, erzählt nochmal, dass die Hautrötungen wohl nicht vom Alkohol kommen (hatten wir schon drüber gesprochen) und seitdem die Pfleger für tägliches Einkremen mit einer speziellen Salbe sorgen, ist es auch wieder besser. Ja. Ich verabschiede mich und wünsche einen schönen Tag. Der Pfleger ist wirklich nett. Noch recht jung, aber sehr bemüht und unbelastet.

Ich fahre wieder runter und setze mich mit meiner Mutter noch für eine Viertelstunde in den großen Aufenthaltsraum. Dort sitzen wie immer die beiden Damen, die regelmäßig Brettspiele miteinander spielen. Frau Wolle hat mal wieder ein großes Pflaster an der Stirn. Ob sie schon wieder gefallen ist? Wir treffen den Mann, der hier wohl relativ neu ist und aus Neumünster kommt, wie er sagt. Der Raum sei schön, sagt er, hinter der Tür wird das ernster, meint er. Er spricht über den Vorraum zur Kirche, den man durch eine Tür des Aufenthaltsraums erreicht. Ich erzähle ihm, dass in der Kirche nicht nur Gottesdienste stattfinden, sondern dass wir dort auch schon sehr schöne Konzerte gehört haben. Meist so zweimal im Jahr würden sie stattfinden, sage ich. Er hätte das noch nicht mitbekommen.

So lange sei er ja noch nicht hier und sowieso nicht mehr lange. Nur für kurze Zeit. Seine Tochter meine, das sei hier besser als zu Hause.

Ich überlege, wie sie wohl darauf kommt, denn er wirkt auf mich sehr munter und klar. Das er schon über neunzig ist, erwähnt er in einem Nebensatz.

Eine asiatische Putzfrau wischt friedlich durch den Raum und zwei Personen mit Rollatoren, eine Frau und ein Mann, schleichen herein. Ihnen folgt eine Pflegerin. Man erkennt sie ja Gott sei Dank gut an den roten T-Shirts. Sie hilft dem Mann hinten links im Raum sich auf einen Klavierhocker zu setzen. Langsam und umständlich hantiert er an einem E-Piano herum, baut etwas ab, dann wieder an. Die Begleiterin am Rollator schiebt wieder hinaus und die Pflegekraft kommt auch vorbei. Sie lächelt und ich frage sie, wann denn das Konzert beginnt. Sie erzählt, dass der Herr mal Kirchenmusiker war und für eine Feier in zwei Tagen, proben will. Ich freue mich über die gute Atmosphäre hier und überhaupt sind heute alle sehr gut gelaunt, trotz des Aprilwetters mit Hagel, Regen und unangenehmer Kälte. Die Stimmung ist fröhlich und entspannt. Sogar meine Mutter wirkt gelöst. Das ist selten in der letzten Zeit.

Ich schaue sie an. Sie schaut zum Musiker, der jetzt zaghaft auf die Tasten drückt, die Töne prüft, dann mutiger wird und Kirchenmusikmelodien anspielt. Leider auch mit eingestelltem Orgelklang. Meine Mutter wirkt plötzlich alt und zusammengesackt, aber ihr Gesicht ist entspannt. Fast wohlwollend gütig blickt sie auf den Mann am E-Piano. Ihre weißen, zauseligen Haare hat sie von vorn nach hinten gestrichen. Es sieht so aus, als stände sie in einem warmen Sommerwind.

Ich glaube, sie weiß nicht was sie fühlen soll. Sie weiß nicht was richtig ist. Wie sie reagieren soll. Was hier Recht und Ordnung ist. Sie ist irgendwie orientierungslos. Der Rahmen, der hier existiert und in dem sie sich bewegt, ist ihr teilweise immer noch fremd.

Ich sehe wie der über Neunzigjährige zum Tisch mit den Spielerdamen wandert und dort sehr viel erzählt. Man merkt, dass er schlecht hört, er wiederholt sich und sagt seinen Text auf, ohne sein Gegenüber wirklich zu reflektieren. Wahrscheinlich hat seine Tochter Recht. Allein würde er nicht mehr gut leben können. Sich selbst versorgen? Eher Fehlanzeige. Und ich glaube dass man mit über Neunzig auch nicht mehr viele Freunde hat. Die meisten werden schon nicht mehr leben. Die Tochter wird auch keine junge Frau mehr sein. Vielleicht fünfundsechzig oder Siebzig Jahre alt und bestimmt nicht mehr in der Lage ihren Vater rund um die Uhr zu versorgen.

Ich verabschiede mich von meiner Mutter, sage nochmal, dass ich Freitag nicht kann, aber dafür am Sonntag vorbei kommen werde. Sonntag ist der 1. Mai. Vielleicht ist das Wetter dann wieder schön. Sie begleitet mich heute nicht zum Auto,

bleibt lieber sitzen bei dem probenden Organis-
ten. Es scheint ihr zu gefallen.

*Liebe Mama,*

*Du warst einmal für mehrere Wochen in einer ger-
iatrischen Abteilung im Krankenhauses Deiner
Heimatstadt. Eine Ärztin rief mich damals an und
berichtete davon, wie Du Dich dort machtest. Offenbar liefst Du unkompliziert und unauffällig mit.
Ob sie auch wusste, dass man bei denen, die unauffällig sind, manchmal besonders aufpassen muss?
Diese Ärztin betreute ein Projekt, das 'Senioren-
fenster' hieß. Sie hätte Dich nach Deinem stationä-
ren Aufenthalt gerne dabei gehabt. Dafür hättest
Du aber die Bereitschaft haben müssen.*

*Wir beide sprachen über dieses Projekt und was
das Ganze in etwa so bezweckte, weißt Du das
noch? Ich drückte mich bewusst behutsam aus,
weil ich glaubte, dass es eine Chance für Dich gewesen wäre. Dort wärst Du mit anderen Leuten
Deines Alters zusammen gekommen. Es hätte einen
Treffpunkt für Gespräche und gemeinsame Unternehmungen gegeben, alles unter psychologischer
Betreuung. Wofür? Ich hatte ja immer noch die*

Hoffnung, dass Du eine neue Aufgabe finden würdest, dass Du etwas entdecken könntest, womit Du Deine Zeit hättest sinnvoll ausfüllen können, etwas, das Dich glücklich gemacht hätte. Klar, dort hätten psychologische Gespräche stattgefunden, vor allem in der Aufnahmephase, weil man sich ja erst mal ein Bild von den Teilnehmern machen musste. Aber es hätte eine Chance für neue Freundschaften und eine sinnvolle Beschäftigung bestanden. Doch Du warst skeptisch und wittertest Gefahr. Du wiest diesbezüglich jegliche Ambitionen von Dir, mit der Begründung: „Ich bin doch nicht bekloppt." Was sollte ich dazu noch sagen? Ich glaube heute noch, es hätte Dir gut getan.

Vielleicht war es damals schon zu spät und Du warst bereits abhängig vom Alkohol. Keine Ahnung. Wenn ich bei Dir zu Besuch war, wurde kein Alkohol getrunken. Nicht mal abends vor dem Fernseher ein Bier. Ich habe mich beim Ausräumen Deiner Wohnung nur gewundert, wo ich überall Wodkaflaschen fand: In einem Gummistiefel, der sich in einem Koffer im Keller befand; in einer Tüte Blumenerde, die ebenfalls in einer Kellerecke stand, usw. Das zeugt ja schon von enormer krimineller Energie und einem fantastisch funktionierenden Verdrängungsmechanismus. Offenbar nutztest Du Deine, seitdem Tod der 'Doktorsfrau', gewonnene Freizeit für Ausflüge in den benachbarten Park. Dort gab es eine Art Kiosk mit Imbiss, der *auch Hochprozentiges ausschenkte. Du hattest Dich dort wohl mit einigen Gästen „angefreundet", wie mir Nachbarn von Dir erzählt haben. Das ist ja eigentlich schön, aber Du sollst immer mal wieder mit ihnen einen zur Brust genommen haben.*

*Wie lange trinkst Du eigentlich schon? Diese Frage habe ich mir oft gestellt. Du behauptest ja immer noch, dass Du gar nichts trinken würdest. Trinken war auch immer verpönt. Als ich noch klein war, wachte meine Tante mit Argusaugen über den Alkoholkonsum meines Onkels. Sie machte ihm lieber zu Hause einen Grog, als dass sie ihn zu den Betriebsfeiern ließ. Alkoholexzesse waren nicht erwünscht, schon gar nicht in der Öffentlichkeit. Ich konnte mir damals gar nicht vorstellen, das mein Onkel sich besaufen würde. Das hat er, glaube ich auch nie getan. Ich habe ihn jedenfalls nur nüchtern gekannt.*

*Wahrscheinlich warst Du lange Zeit schon einsam. Du hattest Dich an das Alleinsein gewöhnt, hattest meines Wissens aber immer soziale Kontakte. Du hattest ein Auto und bist damit viel zu Verwandten und Bekannten gefahren.*

*Ich weiß, Du hattest kein leichtes Leben. Die Flucht als Kind, früher Verlust des Vaters, nur eine sehr begrenzte Schulbildung, wenig liebevoller Umgang in der Familie, der frühe Verlust des Ehe-*

*mannes, die soziale Kontrolle der 60er Jahre in einer Kleinstadt und durch Verwandte und Nachbarn, der Versuch einer neuen Partnerschaft mit Wegzug aus dem Heimatort, was gleichzeitig ein Ausbruch aus der eingefahrenen Struktur des Kleinstadtmilieus war, ein Scheitern dieser Partnerschaft und ein erneuter Anfang in einer anderen Stadt, wo Du schon als junges Mädchen warst, allein, nur mit Unterstützung der alten Banden, aus denen Du dich nicht lösen konntest. Fluch und Segen zugleich.*

*Du warst immer bemüht alles richtig zu machen und standest irgendwie unter Druck. Der löste sich erst, als Du in Rente warst. Mit Deiner Jugendfreundin gönntest Du Dir schöne Urlaube in südlichen Gefilden. Ich hatte immer den Eindruck, dass Du diese Zeit genossen hast.*

*Deine Bärbel*

# Tanzen im Mai

Ich betrete das Foyer. Es ist voll besetzt! Meine Mutter erkenne ich sofort. Hinten rechts sitzt sie. Sie war beim Friseur. Das freut mich. Sie hat auch Ohrringe drin, und zwar die, die ich ihr aus dem Urlaub mitgebracht hatte.

Ich grüße kurz alle, erkenne niemanden wirklich und gehe zu ihr, erkläre, dass ich den Flieder, den ich gerade eben in meinem Garten abgebrochen habe, schnell ins Wasser stellen muss. In Wirklichkeit will ich auch noch mit den Pflegern auf der Station sprechen und wieder 'Nachschub' abliefern.

Sie fragt, ob ich sie schon gesucht hätte. Ich verneine, denn ich sei ja gerade eben erst rein gekommen. Im Veranstaltungsraum wird irgendetwas stattfinden und irgendwie sind alle gespannt.

Dann warte ich auf den Fahrstuhl. Eine Frau, die ich schon hin und wieder mal gesehen habe, kommt mit ihrem Rollstuhl angefahren. Sie erzählt etwas von Kälte, die reinkommt, wenn die Türen geöffnet sind usw. Ja, ja, die Eisheiligen sind da und sowieso ist es besser immer etwas zum Ausziehen zu haben als zu frieren, erwidere ich. Sie will jedoch noch etwas erledigen, das sie vergessen hatte. Ah ja. Wir fahren im Fahrstuhl, ein Mann fährt auch mit. Er ist neu. Ich habe ihn noch nie gesehen. Er wohnt auch auf der Station meiner Mutter und ist etwas orientierungslos, als er aus dem Fahrstuhl aussteigt.

Als ich unten im Foyer wieder ankomme, ist die Show schon im Gange. Ich habe erst gar nicht so recht Lust, den Liedern zuzuhören, aber meine Mutter möchte offenbar gerne hinein. Also tue ich ihr den Gefallen, schließlich fahre ich morgen für eine Woche weg und wie ich die Zeit heute mit ihr verbringe ist ja auch egal. Also schleichen wir uns ganz vorsichtig hinein und bis nach hinten durch und setzen uns dort hin.

Eine kleine, korpulente Frau und ein großer, schlanker Mann geben ihr Bestes. Sie wechseln sich ab mit Gesang. Sie spielt auch noch Piano und Schifferklavier. Das Repertoire ist groß. Von Hamburger Seemannsliedern über Evergreens bis hin zu internationalen Volksliedern. Er erzählt zwischendurch ein bisschen über ihre Reisen nach Frankreich und Italien und erinnert mich durch seine Art und Weise zu sprechen an jemanden, der einmal Lehrer war. „Bestimmt war er mal Lehrer", denke ich, „doch das steht im Widerspruch zu dem, was er erzählt, nämlich dass sie als Straßenmusikanten in Italien an einem Tag ungefähr 100,-€ eingenommen hatten und diese am selben Abend für Essen und Trinken wieder ausgaben. Gehört sich das als ehemaliger Lehrer mit guter Pension? Naja, vielleicht ist er ja doch kein Lehrer gewesen."

Meiner Mutter geht es heute offensichtlich gut. Ihr gefällt die Darbietung und zwischendurch versucht sie mir immer mal wieder gegen die

Lautstärke an zu erzählen, dass diese beiden Musikanten schon öfter hier waren, dass sie ein abwechslungsreiches Repertoire haben, dass es ihr gut gefällt und man ja gar nicht raus in ein Konzert gehen muss, weil hier so schöne Veranstaltungen stattfinden.

Sie ist heute wieder fast ganz die Alte. Ich nehme an, es liegt an den Tabletten gegen den Juckreiz, dass es ihr wieder gut geht. So ein juckendes Ekzem kann die Lebensqualität ja auch wirklich mindern. Außerdem hat sie eine schicke Frisur. Ich schaue sie zwischendurch heimlich an und denke, dass ich bis heute nicht weiß, welchen Musikgeschmack sie eigentlich hat.

Als die korpulente Dame ihr Schifferklavier umschnallt und ein ungarisches Volkslied singt, klatscht meine Mutter mit und schaut ein- zweimal über ihre Schulter zu mir und schickt mir fragende Blicke, als wolle sie wissen, ob ich das gutheiße. Dann steht sie sogar auf und macht ein paar unbeholfene Tanzschritte. Die anderen Konzertbesucher sitzen fast alle in Rollstühlen und bewegen teils rhythmisch die Beine. „Tja, unter den Blinden ist der Einäugige König", denke ich und die Sängerin kommt mit ihrem Akkordeon durch den Gang langsam auf uns zu. Ich klatsche natürlich mit, denke aber nicht im Traum daran ihren auffordernden Blicken zu folgen und mit meiner Mutter zu tanzen. Dann kommt nochmal 'Wenn in Capri die rote Sonne im Meer versinkt' und zum Schluss 'In Hamburg sagt man tschühüß' und alle winken. Die Musikanten können sich gar nicht so recht trennen, stehen immer noch vorn und wollen offenbar noch ein wenig Lob erfahren.

Ich frage mich, welche Lieder wohl gespielt werden, wenn meine Generation zuhauf im Heim sitzt. 'Kommt ein Vogel geflogen' bestimmt nicht und all die anderen Schwänke, die die Generation meiner Mutter vom Hocker reißt, sicher auch nicht. Obwohl die Volksmusik heutzutage immer noch den größten Marktanteil hat!

Ich gehe mit meiner Mutter aus dem Raum und führe sie zu ihrem Rollator, der irgendwo im Flur steht und den sie schon gesucht hat. Eigentlich will ich gar nicht mehr lange bleiben, denn ich will ja in Urlaub fahren und muss noch packen. Meine Mutter wäre wohl gerne mit mir spazieren gegangen, aber heute reicht es bei mir nur für einen kurzen Ausflug in den Innenhof, der auch sehr schön ist. Dort stehen Tische mit Sonnenschirmen, Bänke und Strandkörbe. Der Wind weht recht frisch, obwohl es hier zwischen Wald und Gebäude geschützt ist. Wir setzten uns in einen Strandkorb. Sie bemerkt zum wiederholten Male, wie schön es hier doch ist. Ich bestätige und schaue mich um, es blühen gelbe und fast schwarze Tulpen, ein Apfelbaum und überhaupt ist es hier sehr grün geworden, in einem Beet wuchern bereits wieder die Kräuter: Zitronenmelisse, Oregano und 'Maggi', wie meine Mutter sagt, und vieles mehr.

Ich erzähle von meinen Urlaubsplänen. Usedom hat sie jedoch anscheinend noch nie gehört. Es gehörte bis Mitte der 90er ja auch zur DDR und

kurz danach war es noch nicht touristisch er-
schlossen. Meine Mutter hatte damals Kontakt
nach Wismar. Dort wohnte eine Schwester meiner Oma.

*Liebe Mama,*

*Weißt Du noch? Oma war schon lange tot, als die
Grenze zur ehemaligen DDR geöffnet wurde. Eine
ihrer Schwestern, ich weiß gar nicht wie viele sie
eigentlich hatte, lebte in Wismar an der Ostsee.
Während der Kriegsjahre gab es auch aufgrund
mangelnder Verhütungsmöglichkeiten über Jahr-
zehnte immer wieder neue Kinder in den Familien.
Diese Geschwister waren teilweise 10 bis 15 Jahre
auseinander und hatten nicht wirklich viel miteinander zu tun. Sie selbst hatten dann auch wieder
Kinder, oft unehelich, was damals ja eine Schande
war.*

*Großtante Elfi aus Wismar erzählte einmal von ei-
nem ihrer Kinder, das sie weggeben musste. Es
wurde bei einer ihrer Schwestern groß und sie hatte keinen Kontakt zu dem Kind. Dann kam ja die
Mauer und man wusste teilweise nicht, wo die anderen Verwandten abgeblieben waren. Tante Elfi
mochte ich sehr gerne und auch Du hattest ein sehr*

*gutes Verhältnis zu ihr. Sie war sehr humorvoll und anderen wohlgesonnen. Die neue Reisefreiheit bot Dir und ihr die Möglichkeit sich häufig zu sehen. Du warst mit Deinem Auto ja sehr mobil und Euch beide verband im Laufe der Zeit eine tiefe Freundschaft.*

*Als Tante Elfi dann 12 Jahre später starb, fuhren wir beide zusammen zur ihrer Beerdigung, weißt Du noch? Dort trafen wir noch mehr Verwandte aus dem 'Osten', zu denen ein engerer Kontakt aber nie aufgebaut werden konnte.*

*Dich hat Elfis Tod tief getroffen, das spürte ich deutlich. Du hast sogar geweint. Das habe ich bei Dir vorher nie gesehen. Auch ich vermisste Tante Elfi lange Zeit. Ich weiß noch, dass ihr beide mich einmal besucht habt. Ich buk Pfannkuchen für alle, Kinderessen halt und sie lobte meine weiße Wäsche. Ein bisschen wunderte ich mich darüber, aber Du klärtest mich auf. In der DDR hätte man wohl selten wirklich weiße Wäsche gehabt, mangels bleichender Waschmittel und der Möglichkeit neue Wäsche zu kaufen, wenn die alte abgetragen war.*

*Bevor Elfi starb haben wir sie noch im Krankenhaus besucht. Es war ein unheimlich heißer Sommertag, das weiß ich noch genau. Später hast Du mir erzählt, dass Du der Krankenschwester Geld zugesteckt hättest. Weil sie so nett war und Elfi ei-*

*nen Wunsch erfüllen sollte. Elfi hatte sich eine*
*Scheibe Brot mit Leberwurst gewünscht.*

*Ich werde schon wieder traurig.*


*Deine Bärbel*




Usedom war meiner Mutter also kein Begriff. Ich erkläre ihr, wo ich hin will und sie deutet an, dass sie sich über eine Postkarte freuen würde. Dann bringt sie mich noch zum Auto. Auf dem Weg dorthin stehen zwei Rollstuhlfahrerinnen nebeneinander auf dem Weg. Ich spüre schon den Unmut meiner Mutter über deren Verhalten. „Da kommt ja niemand mehr durch!" Aber ich versuche einer Auseinandersetzung vorzubeugen, in dem ich meine Mutter rechts  vorbei dirigiere. Mit leichtem Murren macht sie diesen kleinen Umweg mit.

Als wir vor dem Heim sind und in Richtung Straße gehen, sehe ich, dass auf dem Fußweg eine Rollstuhlfahrerin neben einem blühenden Rhododendronbusch sitzt. In dem Busch, keinen Meter von ihrem Kopf entfernt, sitzt eine Amsel, die sich aufplustert und ab und zu dem Gezwitscher eines Artgenossen antwortet. Meine Mutter und ich bleiben stehen und ich zeige ihr den Vogel. Die Frau im Rollstuhl guckt zu uns und auch ihr sage ich, nicht zu laut, um den Vogel nicht zu verscheuchen, was sich im Busch neben ihr befindet. Sie versteht jedoch so gar nicht was ich meine. Sie lobt die Blüten und das Wetter und lächelt freundlich. Meiner Mutter wird das zu viel. Wie früher zeigt sie plötzlich Entschlossenheit. Sie lässt ihren Rollator stehen und stapft durch das Blumenbeet, das sich zwischen Fußweg und Zufahrt befindet, zu der Frau, neigt sich zu ihrem Ohr und zeigt mit dem Arm zum Vogel. Ich befürchte natürlich, dass sich durch die ganze Aufregung der Vogel auf und davon machen wird. Aber irgendwie ist die Amsel wenig beeindruckt und bleibt einfach im Busch sitzen. Dann endlich versteht die Frau im Rollstuhl, worum es geht und meine Mutter, befriedigt über den Erfolg, stapft durch das Beet zurück zu ihrem Rollator und zu mir. Sie bringt mich dann noch zu meinem Auto und hat tatsächlich noch nicht vergessen, dass ich verreisen will, wünscht gute Erholung und lässt alle grüßen. Wieder einmal fahre ich los und sehe sie im Rückspiegel winken. Natürlich winke ich zurück und frage mich wie so oft schon, wie lange ich das wohl noch sehen werde.

Bestimmt findet sie alleine zurück in ihr Zimmer und vielleicht bemerkt sie ja den Flieder in der Vase und seinen Duft, denn heute hat sie einen richtig guten Tag.

## Im Urlaub

Ich habe meiner Mutter vor ein paar Tagen eine schöne, bunte Ansichtskarte geschickt. Eigentlich müsste sie sie schon haben. Ich habe im Halbschlaf ein schlechtes Gewissen gehabt, weil ich so wenig drauf geschrieben habe. Nur: Herzliche Grüße von der Insel Usedom. Mehr ist mir nicht eingefallen.

## Zurück aus dem Urlaub

Am Samstag bin ich aus aus dem Usedomurlaub zurück. Ich rufe zur besten Zeit, um 18.35 Uhr, bei meiner Mutter an, um mich zurück zu melden. Ich höre gleich, dass sie die Medizin heute wohl schon etwas eher genommen hat, frage aber freundlich, wie denn ihr Tag war und ob sie auch draußen war. „Ja, draußen, natürlich", ist dann meist ihre Antwort. Dann frage ich nach der Ansichtskarte, die ich gleich am Anfang meines Urlaubs abgeschickt habe, damit sie nicht erst ankommt, nachdem ich wieder zu Hause bin. Sie hätte keine Karte bekommen. Komisch, sage ich, dann müsse sie wohl nochmal an der Rezeption fragen, die anderen hätten alle meine Post erhalten. „Mit wem sprech' ich denn eigentlich", fragt sie mich plötzlich. „Na, ich bin's, deine Tochter", antworte ich. Das ist jetzt schon das zweite Mal innerhalb kurzer Zeit, dass sie mich am Telefon nicht erkennt. „Wahhhs, deine Stimme hört sich so komisch dösig an", sagt sie. Ich habe grad' gar keine Lust auf irgendwelche Diskussionen oder Beschwichtigungen und sage deshalb: „Das hast du schon mal gesagt. Ich bin's aber. Ich komme morgen Nachmittag bei dir vorbei. Schönen Abend noch." „Jaha, Dir auch."

## Am nächsten Tag

So gegen 14.45 Uhr betrete ich das Zimmer meiner Mutter, nachdem ich angeklopft habe. Ich erwarte sie schlafend im Bett, doch sie sitzt bereits auf der Bettkante. Sie trägt nur ihre Leggings, die sie immer als lange Unterhose unter ihre regulären Hosen anzieht. Das rechte Hosenbein ist bis zum Knie hochgekrempelt. Ihre Haare stehen wild in alle Richtungen ab. Sie blättert in einer Illustrierten. Ich begrüße sie und gehe meinen üblichen, zielstrebigen Weg zur Balkontür, die ich dann weit öffne. Nebenbei drehe ich den Heizkörper von 5 auf 1 zurück. „Na?", so nach dem Motto: Was jetzt? ist ihre Antwort auf meinen Gruß. Heute ist Sonntag und es soll der heißeste Tag seit langem in einem Mai werden. Draußen ist es hochsommerlich warm.

Ich sehe den vertrockneten Flieder von letzter Woche und sechs Joghurtbecher auf dem Tisch stehen.

Ich sage, dass sie zum Kaffeetrinken mit zu mir kommen soll, in den Garten, denn es sei ja so schönes Wetter. Sie steht auf, macht ihr Bett und geht sich, auf mein Bitten hin, ihre Haare kämmen. Währenddessen entsorge ich den Flieder und so einige gebrauchte Servietten. Dann packe ich etwas von dem Obst, das wieder einmal aufgetürmt auf einem Teller auf dem Tisch liegt, ein. Sie kommt aus dem Bad. „Warum hast du denn das eine Hosenbein hochgekrempelt?", frage ich sie. „Naja, nur weil das ja manchmal so bis ans Knie warm ist", ist ihre Antwort.

Heute bin ich innerlich ganz gelassen und routiniert. Ich gebe ihr mein Urlaubsmitbringsel: Gummibären mit Sanddorn und eine kleine Möwenfigur, die auf einem Stein sitzt, auf dem 'Usedom' steht. Darüber freut sie sich sehr. Möwen kennt sie.

Sie weiß nicht, welche Hose sie anziehen soll. Eigentlich reicht die Leggins ja. Aber sie möchte trotz des Hochsommerwetters zusätzlich eine Hose drüber ziehen. „Dann aber lieber die dünne, sommerliche Hose", sage ich, und sie sucht sich eine der vielen Hosen, die über der Lehne ihres Stuhles liegen, aus. Ich suche unterdes die neue Hose, die wir vor kurzem auf der Modenschau-Veranstaltung mit dem BoutiqueMobil gekauft haben. Sie ist weder im Schrank, noch im Wäschekorb. Ich habe die Hose bei ihr auch noch nie gesehen. Ebensowenig die beiden weißen Sommerleggins und die neuen Unterhemden. Komisch, dass das Kennzeichnen so lange dauert. Aber das kann ja durchaus sein, wenn die viel zu tun haben, beruhige ich mich. Ich will nächste Woche mal nachfragen.

Meine Mutter weiß immer noch nicht, welche Hose und vor allem welchen Pullover sie anziehen soll. Ich wiederhole alles freundlich und dann endlich ist sie fertig. „Was wollten wir jetzt?", fragt sie und ich sage es nochmal. „Nein, den Rollator brauchen wir nicht, der Stock reicht. Hast Du eine Bürste oder einen Kamm dabei? Kämm' dich bitte nochmal. Ja, die Balkontür mach besser zu." Meine Mutter denkt, dass jemand von außen in den vierten Stock klettern und durch die offene Balkontür in ihr Zimmer kommen würde. Wir verlassen ihr Zimmer und warten vor dem Fahrstuhl. Natürlich habe ich vorher Bescheid gesagt, dass ich sie zum Kaffee mitnehme und zum Abendbrot wieder zurück bringe.

Als wir auf den Fahrstuhl warten, schaut meine Mutter in das Zimmer gegenüber des Fahrstuhls. Dort wohnt ein Ehepaar. Einer der beiden ist offenbar schon sehr bettlägerig. Ein Pfleger hat Kaffee und Kuchen auf dem Wagen vor dem Zimmer stehen lassen und ist hinein gegangen. Die Tür steht weit offen und man bekommt mit, wie er der Frau hilft, sich in ihrem Bett zu positionieren. Meine Mutter hat einen sehr eigenartigen Blick. Ich bin nicht sicher ob sie versucht heraus zu finden, was da los ist, wie hinfällig die

anderen schon sind oder ob sie nach etwas Aus-
schau hält, das in ihr Beuteschema fällt. Bevor
ich weiter darüber nachsinnen kann, ist der Fahrstuhl da und wir fahren runter.

Obwohl meine Mutter schon lange kein Geld
mehr ausgezahlt bekommt, habe ich vor einiger
Zeit zwei Euro und ein paar Cent in ihrem Portemonnaie entdeckt. Außerdem eine kleine Flasche
Weinbrand, Flachmann genannt, die es bereits
für 1,99 an Supermarktkassen gibt. Woher sie
das Geld nun wieder hatte, weiß ich nicht. Vielleicht stiehlt sie es ja? Ich traue es ihr zu. Dass
ich das tue, erschrickt mich. Ich denke nochmal
darüber nach, aber ja, ich traue es ihr zu.

## Medizin

Obwohl meine Mutter immer kleiner wird, regelrecht in sich zusammen sackt, und sich auch
mental immer mehr in sich selbst verkriecht, bin
ich erstaunt darüber, welche Energien sie aufbringt, um an ihre 'Medizin' zu gelangen. Selbstverständlich wissen die Pfleger Bescheid. Sie
müssen meiner Mutter ja jeden Abend ihre Porti-
on abfüllen, alles natürlich mit ärztlichem Einver-
ständnis. Und weil ich die Station regelmäßig be-
liefere, unterhalte ich mich auch mit dem einen
oder anderen über meine Mutter und ihre Krank-

heit. Ein etwas jüngerer Mann, sehr kompetent, freundlich und zugänglich, erzählte mir, dass er einmal in Hektik war, als ich die beiden Flaschen brachte. Deshalb stellte er sie vorerst neben den Schrank, in dem er sie sonst einschließt. Als er zurück kam, um sie wegzuschließen, stand da plötzlich nur noch eine Flasche. Er sei sich anfangs gar nicht mehr sicher gewesen, wie viele Flaschen ich denn gebracht hätte, aber er glaubte doch, dass es zwei waren. Vor dem Fahrstuhl auf dem Flur traf er meine Mutter und fragte sie, ob sie eine Flasche genommen hätte. Sie wies dies erbost von sich und behauptete, ihre Tochter hätte nur eine Flasche gebracht, er könne sie ja anrufen und nachfragen. Später ging er einfach in ihr Zimmer und fand die fehlende Flasche dort auf einem Schränkchen stehen.

Ja, man muss schon ganz schön aufpassen. Ich weiß nicht ob alle Kranken so listig und abgebrüht sind oder ob das eine Spezialität meiner Mutter ist. Doch wenn es darum geht, etwas zu trinken zu bekommen, werden bei ihr ungeahnte Kräfte wach.

Wir gehen zum Auto und fahren zu mir. Kaffee serviere ich heute nicht, denn es ist wirklich heiß, sogar der Hund lässt sich freiwillig waschen. Es gibt Wasser und ich mache Buttermilch mit Erdbeeren. Für meine Mutter schnibbel ich Erdbeeren, fülle Milch in ein Kännchen und bringe alles zusammen mit dem Zuckertopf in den Garten. Als ich meine Mutter frage, ob sie Zucker auf die Erdbeeren möchte, sagt sie: „Ja, aber nur so ein bisschen schischischisch." Einfach weil ich

Lust habe, dies auch mal zu sagen, wiederhole ich dieses Wort, während ich wenig Zucker über die Erdbeeren streue.

Eigentlich ist der Nachmittag entspannt. Meine Mutter läuft ein wenig herum und guckt alles an. Darf sie ja auch. Dann setzt sie sich wieder hin und guckt. Sie lässt sich auf kein Gespräch ein. Nur, dass die Vögel so schön zwitschern und alles so schön grün geworden ist. Ihre Augen sehen etwas verquollen aus. Immer noch. Das Weiße ist ganz gelblich - die Leber, kein Wunder - und die Augenränder sind rot. Irgendwie sehen die Augen entzündet aus. Ich spreche sie darauf an. Nein, im Moment sei alles gut, antwortet sie. Auch ihre Haut ist wieder gut geworden. Das Ekzem ist verschwunden, der Juckreiz abgeklungen. Gegen 17.15 Uhr möchte sie nach Hause. Ich fahre sie.

Als wir im Heim ankommen ist es bereits Zeit für das Abendbrot. Meine Mutter sitzt neuerdings alleine an einem Tisch im Speisesaal. Wie lange schon, weiß ich nicht, aber sie ist offenbar nicht bemüht sich mit irgend jemandem zu verstehen. „Darum muss ich mich nicht kümmern", denke ich, „dafür bin ich nicht zuständig. Ich tue was ich kann, aber das muss sie selbst machen."

Ich denke an ihren gierigen Blick, an das Geld und den Flachmann. Manchmal erkenne ich sie gar nicht als meine Mutter, mit diesen Zügen, die sie an sich hat. „Oder ich will sie nicht erkennen", drängt sich ein Gedanke auf. Ich denke darüber nach.

Vielleicht stimmt es. Ich trage neuerdings, trotz aller Verletzungen während meiner Kindheit, ein idealisiertes Bild meiner Mutter in mir. Irgendwie fühlt es sich warm an, strahlt Geborgenheit aus, Sicherheit und Zuversicht. Aber vielleicht ist es gar nicht meine Mutter als Person, die ich in diesem Bild sehe. Die Geborgenheit und das Behütetsein, was ich als Kind durchaus gespürt hatte, entstand nicht nur durch meine Mutter, sondern auch durch andere Menschen, durch die Gesellschaft in den sechziger Jahren, die Regelmäßigkeiten des täglichen Lebens.

Trotz allem wäre ich sehr traurig wenn meine Mutter sterben würde. Sie wird sicher bald sterben, denn sie ist ja schon sehr alt und durch ihre Sucht sehr krank und außerdem lebt niemand ewig. Ich rechne jeden Tag damit, dass ich einen entsprechenden Anruf vom Heim bekomme. Und obwohl ich das alles weiß und mich an den Gedanken gewöhnt habe, würde mir etwas fehlen. So lästig meine Mutter auch manchmal ist, mit ihrer Sucht, ihrer schlechten Laune, ihrer Hilflosigkeit - ich habe mich inzwischen daran gewöhnt, es ist ein Teil meines Lebens. Und wenn sie nicht mehr da wäre, dann wäre ich ja ganz alleine!

Diesen Satz habe ich einmal spontan gedacht und mich ganz einsam dabei gefühlt. Natürlich ist das nicht so. Ich habe ja noch meine Familie, andere Verwandte, Bekannte, Freunde und es gibt so viele Menschen und man lernt ja auch immer noch neue kennen. Trotzdem, ein sehr wichtiger Teil meines Lebens wäre dann endgültig vorbei. Ich fühle mich jetzt schon ganz einsam.

*Liebe Mama,*

*anfangs, als ich Dich in meine Stadt geholt hatte, blühtest Du richtig auf. Du begannst sogar wieder zu stricken und schafftest einen ganzen Schal! Ich nehme an, dass die regelmäßige Nahrungs- und Flüssigkeitsaufnahme dazu führten, dass Du Dich erholtest. In Deinem alten Zuhause blieb das sehr oft auf der Strecke. Vor allem in dem einen langen, dunklen Winter, der so finster war für uns alle. Manchmal riefst Du mich morgens um halb acht an und sagtest mir gute Nacht. Es war um diese Zeit genau so dunkel wie abends und Du warst völlig durcheinander. Weißt Du das nicht mehr? Bestimmt hat zu Deiner Erholung auch beigetragen, dass Du Dich in der Gruppe der Heimbewohner erst einmal behaupten musstest. Ich weiß noch wie sie alle vor dem Fahrstuhl saßen und darauf warteten, dass sich die Tür öffnete und irgendwer heraus kam. Das muss für die Bewohner wie Kino gewesen sein. Ich empfand das anfangs als sehr unangenehm, doch später fand ich es lustig. Die Plätze waren alle fest vergeben. Du als Neue hattest Dich einfach auf einen freien Stuhl gesetzt und als die dort angestammte Bewohnerin kam, gab es Ärger. Aber Du hast Dir nichts gefallen lassen. Du gingst wieder spazieren, erkundetest die Gegend, füttertest die Kaninchen, die dort im Garten gehalten wurden und machtest Ausfahrten mit. Du betreutest diejenigen, die schlechter dran waren als Du selbst, schenktest den Rollstuhlfahrern Kaffee oder Kakao ein und verteiltest den mitgenommenen Kuchen. Der Busfahrer, der immer derselbe war für solche Ausflüge, war begeistert von Dir und Du lebtest auf. Doch dann entdecktest Du, dass der Weg zur Tankstelle zwar weit und nicht schön war, nämlich an einer vielbefahrenen Hauptstraße entlang, aber durchaus bewältigt werden konnte. Die Pfleger erzählten mir, dass sie Dich auf dem Weg zur Tankstelle gesehen hatten. Nun kann man dreimal raten, was Du dort wolltest.*

*Vielleicht nahm Dir die Tatsache, dass Deine Wohnung nicht zu halten war, den Lebensmut. Du warst ja nicht weggetreten und es ging Dir sogar wieder besser. Doch es gab kein zurück mehr. Zwei Wochen, nachdem ich Dich in meine Stadt geholt hatte, verstarb der nette ältere Herr, der Dir gegenüber gewohnt hatte. Sein Tod war tragisch. Ich habe es Dir erzählt, aber Du hast nur abwehrend reagiert. Wahrscheinlich fandest Du es auch schrecklich.*

Der nette Herr, von dem ich mich damals natürlich ordentlich verabschiedet hatte, versuchte mit einer anderen Frau aus dem Haus Euer Arrangement mit der Zeitung, die weitergegeben wird wenn sie ausgelesen ist, weiter zu führen. Die Dame war jedoch zu zögerlich und wunderte sich zwar darüber, dass keine neue Zeitung vor seiner Tür lag, klingelte auch und horchte bei ihm. Sie hätte dann ein Radio laufen gehört und meinte, dass dann wohl alles in Ordnung sei. War es aber nicht. Sie hätte wissen müssen, dass er sehr gewissenhaft war und niemals ohne vorherige Ansage keine Zeitung raus gelegt hätte. So lag er dann drei Tage lang in seiner Wohnung bei Bewusstsein, ohne sich helfen zu können, und verdurstete jämmerlich. Erst als seine Tochter aus ihrem Urlaub zurück war und ihren Vater telefonisch nicht erreichen konnte, wurde er gefunden. Er war gestürzt und kam nicht wieder hoch. Er lebte noch, als er ins Krankenhaus kam. So etwas geschieht manchmal, wenn alte Menschen alleine leben.

Deine Bärbel

## Ein Tag Ende Mai

Sie steht an der Tür auf dem Balkon, als ich in die Straße, in der das Heim liegt, hinein fahre. Sie trägt eine Leggins, einen Pullover und ist am Kopf völlig zerzaust. Ihre Frisur erinnert mich an die von Einstein. Grauweiße Haare, verwuschelt und abstehend. Sie schaut auf die Straße. Ob sie mich erkennt in meinem Auto? Ich winke. Sie reagiert nicht. Hat sie es im Gespür, wenn ich komme? Erinnert sie sich an unser Telefongespräch von gestern, in dem ich mich angekündigt habe? Fragen über Fragen. Ich habe keine Antworten.

Ich stelle mein Auto ab und hole den Korb mit der 'Medizin' aus dem Kofferraum. Oben drauf liegt ein kleiner Blumenstrauß aus Stiefmütterchen, die ich nicht wegschmeißen wollte, als ich die Pflanzen gegen Sommerblumen austauschte. Sie mag Stiefmütterchen. Im Foyer ist nicht viel los. Die Sonne ist wieder durchgekommen und die meisten Bewohner sitzen hinten im Außenbereich des Seniorenheims mit ihrem Besuch, der meistens am Sonntag vorbei kommt. Ich bestelle den Fahrstuhl und warte. Er ist extrem langsam und stimmt alle Besucher auf die Dynamik in diesem Haus ein. Geduld wird gefordert, Geduld wird belohnt. Als ich endlich eingestiegen bin lese ich zum einhundertixtenmal den Essenshinweis, der an der Fahrstuhlwand klebt. Hört sich alles nett an, stimmt aber nicht wirklich, denke ich jedes Mal. Ich habe es ausprobiert. Wenn man als Gast mitessen möchte, bräuchte man nur kurz vorher Bescheid sagen, steht dort. Als meine Mutter einmal Geburtstag hatte und ich rechtzeitig zum Mittagessen da sein konnte, wollte ich dieses Angebot wahrnehmen. Ich bekam den Hinweis, dass das nicht ginge, weil sonst nicht genug für alle da wäre. Offenbar ist das Essen inzwischen streng rationiert. Ich habe meine Mutter dann zum Essen in ein Restaurant mitgenommen.

Dann bin ich da. Die Tür öffnet sich. Ich schaue nach links zur Zimmertür meiner Mutter. Niemand ist zu sehen. Ich gehe nach rechts, um die Flaschen abzugeben. Im Büro ist keiner. Ich drücke den Klingelknopf und warte wieder. Ein Pfleger, den ich noch gar nicht kenne, nähert sich. Hinter ihm erscheint eine Pflegerin, die ich gut kenne. Sie ist diejenige, mit der meine Mutter am Besten kann. Der Pfleger ist sehr nett, nicht mehr ganz so jung, aber noch in der Ausbildung, wie er sagt. Warum auch nicht. Leute mit Engagement werden gebraucht. Er will sich als erster vorstellen, grinst, behauptet mit der Pflegerin eine sehr gute 'Einweiserin' zur Seite zu haben. Ich bestätige ihn. Dann entfernt er sich dezent und die Pflegerin und ich klönen.

Eigentlich möchte ich nur 'Medizin' abgeben, doch sie erzählt: Meine Mutter würde abbauen.

Das hab' ich schon gemerkt.

Sie sei ja die einzige, die meine Mutter duschen darf, aber das würde meine Mutter in der letzten Zeit nicht mehr so gerne mögen. Immer wenn sie, die Pflegerin, soweit sei, hätte meine Mutter sich schon wieder angezogen.

Ich grinse innerlich.

Die Kragen der Blusen meiner Mutter seien immer so braun.

Ist mir auch schon aufgefallen. Ich bin allerdings nicht sicher, ob das Dreck ist. Habe mich auch schon darüber gewundert. Ich glaube eher, dass es alkoholbedingter, gelbbräunlicher Hautabrieb ist. Gibt es so etwas eigentlich? Ich muss das mal googeln.

„Ihre Mutter ist ja sonst ganz verträglich, jedenfalls hier auf der Station", sagt die Pflegerin. „Aber letztens ist sie bei Frau Heinrich, die mit ihrem Mann in einem Zimmer wohnt, einfach hinein gegangen, hat aus dem Fenster geschaut, das Bett berührt und geguckt. Ich habe ihrer Mutter dann gesagt, dass das privat sei. Dass die Leute für die Zimmer Miete zahlen würden, genau wie sie selbst. Wenn jemand in ihr Zimmer einfach so reinkommen würde, fände sie das auch nicht in Ordnung. Das hat sie dann verstanden." Und letztens hätte sie, als sie in das Zimmer meiner Mutter kam, ganz viele Kleidungsstücke verteilt vorgefunden. Sie weiß auch nicht was das sollte. Ich weiß es auch nicht. Meine Mutter hat immer ihre Kleidung sortiert und geordnet, früher, als sie noch in ihrer Wohnung lebte und jetzt macht sie das auch. „Vielleicht hat sie ihren Schlüssel gesucht", werfe ich ein. „Der ist ja schon lange weg." „Wie lange denn

schon?" „Keine Ahnung. Mit so einem Schlüsselband."

Die Pflegerin winkt plötzlich nach hinten. Meine
Mutter steht in Leggins, wie eben auf dem Balkon, auf dem Flur und guckt. Wahrscheinlich hat
sie mich doch erwartet und nun dauerte es zu
lange und sie musste mal nachschauen.

Was für Bewohner wünschen sich die Pfleger eines Seniorenheimes eigentlich? Ich finde meine
Mutter ist im Gegensatz zu anderen noch ganz
fit. Sie geht jeden Tag mehrmals in den Speisesaal ins Erdgeschoss und manchmal wohl auch
noch ein wenig spazieren, alleine. Sie ist etwas
tüdelig geworden, aber da ist sie nicht die einzige. Und sie hört, wenn man ihr Grenzen setzt,
meistens, falls sie das Gesagte nicht wieder vergisst. Nachdem ich die Flaschen abgegeben
habe, gehe ich zum Zimmer meiner Mutter. Sie
liegt im Bett. „Unglaublich", denke ich. Sie hätte
sich grad' mal hingelegt. Ich reiße die Balkontür
auf, der Luft wegen, und drehe die Heizung runter. Mein Blick schweift durchs Zimmer. Geschirr,
Joghurtbecher mit sich wölbenden Deckeln, ein
Obstberg und haufenweise leicht benutzte Servietten.

Ich zeige ihr den kleinen Blumenstrauß. Sie freut
sich. Dann suche ich die Vase, befülle sie mit
Wasser und stelle die Blumen hinein. Wo sie sie
hin haben möchte, frage ich. Sie sitzt auf dem
Bett und pustet wieder, bekommt schlecht Luft.
Ich rate ihr, sich mal an die Balkontür zu stellen,
da ist schöne frische Luft, sauerstoffreich. Hier

drinnen sei es stickig. Sie macht das auch und dann kommt sie zu mir ins Bad. Ich bin gerade dabei die Creme- und Bodylotion-Flaschen durch zu gucken. Die Pflegerin teilte mir mit, dass sich meine Mutter letztens mit abgelaufener Lotion eingecremt hätte. Das geht natürlich nicht. Sie ist ja so empfindlich geworden. Ich werde fündig. Viele große Flaschen sind bereits mehrere Jahre abgelaufen. Ich sammle gegen den leichten Protest meiner Mutter eine Mülltüte voll ein und verspreche ihr, neue Creme zu besorgen. Dann weiß sie schon wieder nicht, was wir wollten. „Kaffeetrinken", sage ich und sie zieht sich an. Die schicke Hose, die wir auf der Modenschau vom BoutiqueMobil gekauft haben, ist immer noch nicht aufgetaucht. Die Leggins auch nicht. Ich sage einem Pfleger Bescheid. Er notiert alles und will es weiter geben.

Meine Mutter zieht eine grün karierte Hose zu einem hellblau gemusterten Pullover an. Darunter trägt sie eine türkisfarbene Seidenbluse. Hm. Ist sie jetzt farbenblind geworden? Ich habe keine Lust etwas zu sagen, spreche sie lieber auf ihr Duschverhalten an. Sie würde natürlich jeden morgen duschen. „Das glaube ich nicht", antworte ich und bereue auch gleichzeitig, das Thema auf diese Art und Weise angesprochen zu haben. Ich muss mit ihr reden, wie mit einem Kind. Manchmal fällt mir das sehr schwer. Ich muss mich dauernd kontrollieren. Sie reagiert plötzlich aggressiv. Ich würde immer an ihr herum meckern ... und so weiter, und so weiter.

Ich schaue sie an. Sie ist sehr verbittert. Dann sage ich: „Immer, alles", und habe den Eindruck, dass sie das irgendwie registriert, denn sie wird ruhiger und sagt nichts mehr. Am Liebsten würde ich gehen, aber das wäre gemein.

Also von vorn. Haare kämmen bitte, am Besten auch noch Zähne putzen, aber das macht sie natürlich nicht, Rollator nehmen und mit mir hinunter zum Kaffeetrinken fahren.

Wir setzen uns auch nach draußen in einen Strandkorb. Ich besorge ein Tablett mit Kaffee und Keksen. Sie isst tatsächlich einen Keks, obwohl sie gar nichts wollte. Ansonsten ist sie still. Sie hat keine Themen mehr. Es geht ihr auch nicht gut. Sie pustet immer mal wieder.

Ich lehne mich zurück und sehe im ersten Stock des Hauses eine alte Frau auf ihrem Balkon auf dem linken der beiden grünen Plastikstühle sitzen. Sie sitzt die ganze Zeit nur da, hat die Arme verschränkt und starrt vor sich hin. Keine Regung. Aber sie ist wach, das kann ich sehen.

Am Tisch vor uns sitzt eine beleibte, jüngere Frau, die sehr gesprächsfreudig ist, neben einer anderen, dünneren, die ihren kleinen Hund mitgebracht hat. Wahrscheinlich ist es ihre Mutter, die sie besuchen, denn die Enkelkinder, die sie erwähnen, turnen irgendwo im Gebäude herum. Die dickliche Frau redet andauernd, wiederholt sich und betont laut.

Ja, so muss man wohl mit den Alten reden, glaube ich. Sie hören ja nicht mehr so gut. Und verstehen? Keine Ahnung, wie viel sie verstehen wenn sie den ganzen Tag hier im Heim sind. Jeden Tag. Sie kommen kaum raus. Die meisten gar nicht. Sie haben nur die Abwechslung, die das Heim bietet. Das ist nicht viel. Wenn man fremde Umgebung und Dynamik nicht mehr gewohnt ist, wird einem das schnell zu viel. Und wenig Außenreize lassen auch den Kopf müde werden.

Meine Mutter macht glaube ich nichts mehr. Fernsehen? Nein. Radio? Nein. Und viele Veranstaltungen, die etwas Abwechslung und Anregung bieten, verschläft sie.

Ich will nicht ungerecht sein. Wenn es ihr nicht gut geht und sie keine Luft kriegt, tut sie wohl das Richtige. Ich frage sie, ob sie Schmerzen hat. Sie verneint.

Der neue Bewohner, der ältere Herr aus Neumünster, kommt mit seinem Rollator schwungvoll auf den Innenhof gerollt. Ich finde ihn sympathisch. Er grüßt freundlich, ich grüße zurück und er lobt unsere Kekse. Dann dreht er seine Spazierrunden im Innenhof. Er sagte mal, dass seine Tochter meinte, er hätte es hier besser als zu Hause. Er sei sechsundneunzig, aber nur probehalber hier. „Wer es glaubt wird selig", dachte ich, „das sagen die meisten Neuen."

Seine Tochter hat Recht. Allein leben mit sechsundneunzig, die Verwandten weit weg und Freunde sind auch kaum noch da, das klappt in der heutigen Zeit nur noch selten. Zum Sterben zieht man in ein Seniorenheim. Alle, die hier wohnen, vereint diese Tatsache. Hier kommen sie lebend nicht mehr raus. Mich gruselt es bei dem Gedanken. Es ist den meisten Bewohnern wohl bewusst. Sie wissen wo sie sind.

Dann ist der Kaffee ausgetrunken und wir wollen noch ein bisschen spazieren gehen. Die Sonne ist durchgekommen. Ich bringe das Tablett weg, gehe an der Raucherin vorbei, die schon seit wir kamen schlafend in ihrem Rollstuhl sitzt, und meine Mutter und ich machen eine Runde im Garten des Seniorenheimes. Die Rhododendren blühen grade und hier stehen eine Menge alter, großer Büsche. Meine Mutter ist beeindruckt von der Farbenpracht und den großen Blüten. Dicke Hummeln summen von Blüte zu Blüte. Wir beobachten das einen Moment. Meine Mutter bleibt in der Sonne stehen und sagt: „Ach ist das schön in der Sonne." Ich freue mich darüber. Auf unserem Spaziergang pflücke ich drei einzelne Blüten, jede in einer anderen Farbe, und lege sie später in eine Glasschale mit Wasser, die ich auf das Tischchen an ihrem Fenster stelle.

Die Bewegung hat ihr offenbar gut getan. „Wo habe ich denn Quartier?", fragt sie mich. „Hier, in dem Haus?" Ich bejahe und bringe sie auf ihr Zimmer, damit sie es findet. Dann kommt sie wieder mit mir runter und bringt mich zum Auto. Das schwarze ist dein Auto? Ja, das schwarze ist mein Auto. Ich drehe damit um und winke. Sie steht in der Einfahrt. Eine kleine Erscheinung, farbdiskrepant gekleidet mit zerzaustem, weißem Haar, winkend.

## Gedanken an den gestrigen Tag

Heute erzähle ich einem Freund von der Unterhaltung mit der Pflegerin und dass meine Mutter in das Zimmer des Ehepaars gegangen war. Dabei überlege ich, warum sie das wohl getan hat. „Sie hat ihr Leben lang gedient", sagte einst ihre beste Freundin. Da hatte sie Recht. Aber aus welchen Ambitionen heraus wollte meine Mutter sich in diesem Zimmer umgucken?

Mich beschleicht eine Vermutung. Der Gedanke ist mir unangenehm, aber nicht abwegig. Vielleicht hat meine Mutter dort etwas ausspioniert. Soviel kriminelle Energie traue ich ihr inzwischen zu. Vielleicht reicht ja die Alkoholmenge nicht mehr und sie versucht irgendwie an Kleingeld zu kommen, um dann irgendwann mal wieder zum Einkaufen mit zu fahren und sich für 1,69€ ein Fläschchen Schnaps zu kaufen. Oder sie bittet eine der 'Grünen Damen' ihr so etwas mit zu bringen. Ich kann mir das vorstellen. Letztens hatte ich ja etwas Kleingeld in ihrem Portemonnaie gefunden. Ich weiß immer noch nicht, woher sie das hat. Sie weiß es natürlich auch nicht oder sagt es nicht. Sie würde es nie sagen. Mich erschrecken diese meine Gedanken. Bin ich ungerecht?

Ich glaube am Freitag, wenn ich zu ihr fahre, werde ich den Kleiderschrank ausräumen und ihren Schlüssel suchen. Mal sehen, was ich noch so alles finde.

## Unterforderung

Vielleicht sind die Alten in den Heimen auch unterfordert. Man müsste sie viel mehr beschäftigen, ihnen Aufgaben geben. In dem Heim, in dem meine Mutter vorher war, haben die Betreuer mit den Bewohnern einmal in der Woche zusammen gekocht. Die Bewohner haben dann Kartoffeln geschält, Möhren geschnippelt und anderes Gemüse zerkleinert. Anfangs gab es dort draußen in der Anlage ein großes Kaninchengehege. Die Kaninchen waren ein beliebter Anlaufpunkt. Aus einem unbekannten Grund wurde alles eingestampft. Es gab ein Blumenbeet, dass Bewohner mit bepflanzen durften und eine nette 400,-€ Kraft, die manchmal ihre Kinder mitbrachte. Zusammen haben sie dann alles mögliche gebastelt oder gespielt. Das hat den meisten Bewohnern gut gefallen. Die 400,-€ Kraft wurde irgendwann weggekürzt.

In dem jetzigen Heim sitzt am Wochenende inzwischen nicht mal mehr jemand an der Rezeption. Jeder kann ungefragt ein und ausgehen. Auch auf die Stationen mit den unabgeschlossenen Zimmern kommt man problemlos. Eigentlich ist es ein Leichtes nicht gesehen zu werden. Die Heimkosten steigen allerdings regelmäßig.

## Der Schlüssel, immer wieder der Schlüssel

Heute Morgen ist es noch regnerisch und ich denke, dass dies ein guter Tag ist, um die Schränke meiner Mutter durch zu sortieren. Bei schönem Wetter gehe ich lieber mit ihr raus. Vor allem jetzt im Frühsommer. Doch dann wird es mittags wieder richtig warm und nachmittags heiß.

Ich fahre noch zum Wochenmarkt, um einen Blumenstrauß für sie zu besorgen und komme so gegen 15.30 Uhr im Seniorenheim an. Im großen Veranstaltungssaal wird gerade wieder ein Diavortrag gehalten.

Ich hatte schon einmal so etwas gesehen, etwa vor einem halben Jahr. Ein Mann zeigte Fotos von seinen Reisen. Er war immer mit seinem Bruder in Deutschland unterwegs. Viele Heimbewohner erkannten ihre Heimat in seinen Vorträgen wieder, weil sie aus der Gegend kamen, die er zeigte oder sie hatten dort schon einmal Urlaub gemacht hatten. Er präsentierte das auch sehr nett. Meiner Mutter und mir gefiel es auch.

Deshalb wundere ich mich darüber, dass meine Mutter gar nicht unten und dabei ist. Die nette Dame an der Rezeption sagt, sie würde meine Mutter ohnehin in der letzten Zeit nur noch am späteren Nachmittag sehen. Ich sage, dass meine Mutter schlecht Luft bekomme und deshalb vielleicht so lange liegen würde. Sie hätte das noch gar nicht bemerkt, sagte die Dame. Nee, aber ich, antworte ich und dass meine Mutter nie klagen würde. Erst wenn es ganz schlimm sei.

Ich fahre also mit dem Fahrstuhl hinauf und finde meine Mutter im Bett. Wie gewohnt öffne ich die Balkontür. Die Haare meiner Mutter sind anders, kürzer. Ich spreche sie darauf an aber sie leugnet beim Friseur gewesen zu sein. Jedenfalls keine Dauerwelle, nimmt sie sich zurück, als ich auf den Haarschnitt zu sprechen komme.

Ich tue alles wie immer, alles abscannen nach Außergewöhnlichem. Ich entsorge welke Blumen, stelle die neuen ins Wasser, sammle Obst ein und packe Pullover zum Waschen in meinen Korb. Sie geht nochmal zur Toilette und dann wollen wir runter, zum Kaffeetrinken. Ich bezweifle, dass wir noch etwas bekommen, denn es ist schon 10 nach 4 und außerdem will ich ja eigentlich den Schlüssel suchen. Es ist ohnehin zu warm zum Spazieren gehen und ich überrede meine Mutter, damit noch ein wenig zu warten, bis es etwas später und kühler geworden ist. Sie ist einverstanden.

Dann erkläre ich nochmal, was ich jetzt tun will. Den Schlüssel suchen, ja. Sie will mir helfen und ich bitte sie in ihrem Nachtschrank zu suchen. Sie setzt sich aufs Bett und holt die Kästchen mit allerlei Krimskram heraus.

Ich beginne den Kleiderschrank zu inspizieren. Alles ist aufgestapelt, aber nicht sortiert. Pullover liegen auf den Schuhen, auf den Körben mit Unterwäsche und dazwischen Tischdecken, Mützen und Schals. Ich beginne Regal für Regal erst auszuräumen und dann wieder einzuräumen. Was ich denn suchen würde, fragt meine Mutter mich immer wieder zwischendurch. „Den Schlüssel", erwidere ich immer wieder. Ich durchsuche alles: Die Anrichte, den Sekretär, den Koffer mit den Sommersachen, sämtliche Jackentaschen, alle Handtaschen, ich nehme die gesamte Kleidung, die über den Stühlen liegt hoch und klettere auf einen Hocker, um in den oberen Schrankfächern nachzusehen. Alles ohne Erfolg. Meine Mutter ist sehr verärgert. Es beunruhigt sie, was ich tue. Vor allem weil sie ständig vergisst, was ich suche. Als ich endlich erschöpft aufgebe, mosert sie mich an: Was ich denn immer bei ihr rumschnüffeln würde.

Manchmal habe ich mich gefragt, ob ich eine gute Tochter bin. Muss ich mich als Tochter um das Glück im Leben meiner Mutter kümmern? Will sie das eigentlich? Würde ich das in ihrer Situation wollen? Die letzten beiden Fragen beantworte ich immer noch ganz klar mit „Nein". Trotzdem hatte und habe ich immer noch ein schwankendes Gefühl zwischen schlechtem Gewissen und das alles schon seine Richtigkeit hat. Sie muss ihr Leben alleine leben. Ich kann nur grundsätzlich da sein und helfen, wo es nötig ist.

## Schafskälte

Die letzten beiden Male, die ich bei ihr war, gingen recht schnell vorbei. Es war immer das Gleiche: Tür auf, lüften, sie war ganz zerzaust. Lange nicht beim Friseur. Ich sage ihr, dass sie zerzaust aussieht, mal wieder zum Friseur muss, sie mault mich an, was ich immer zu meckern hätte. Sie schlurft ins Bad.

Während sie dort ist und ihr Haar bändigt, räume ich etwas auf und überlege heute, ob ich mich mit ihr streiten soll. Lust hätte ich, denn ich fühle mich von ihr ungerecht behandelt. Doch je länger sie braucht, desto mehr verfliegt mein Zorn. Sie tut so als sei nichts gewesen. Vielleicht hat sie es ja auch schon wieder vergessen. Man weiß es nicht.

Wir gehen jedenfalls runter. Für Kaffee ist es mal wieder zu spät. Egal.

Ich treffe die nette Frau, die auch im Heimbeirat ist, und wir unterhalten uns über Frau Nachtigall, die hin und wieder kommt und im großen Veranstaltungsraum Klavier spielt. Heute ist sie wieder da und trällert laut und schrill und wird ihrem Namen gerecht. Sie spielt jedes Mal das gleiche: Alte Volkslieder. „Keiner geht gerne hinein", meint die nette Dame. Ich sage, dass sie ja aber ihre Fans hat, denn der Raum ist gut gefüllt. „Die werden alle hinein geschoben", antwortet sie, „und raus können sie zwischendurch nicht, das mag Frau Nachtigall gar nicht." Sie hat Recht,

der Saal ist zwar voll, aber fast nur Rollstuhlfahrer sitzen aufgereiht nebeneinander und harren
aus.

Meine Mutter will weiter, kann bei dem Gespräch
nicht einsteigen. Sie steht vor mir und atmet
schnaufend aus. Ihr fauliger, säuerlicher Atem
streift mein Gesicht. Ich habe dieses Zeichen
wohl verstanden, reagiere aber nicht.

Die nette Dame erzählt weiter, dass letztens,
noch gar nicht lange her, wieder getanzt wurde
im Saal. Da sei ein Herr gewesen, der Name fällt
ihr grad' nicht ein, der sei sehr nett gewesen. Er
hätte auch getanzt, sich mit jemandem so an
den Händen gehalten und ein bisschen hin und
her geschaukelt. „Schön", sage ich. „Ja", sagt
sie, „und dann ist er gefallen und mit dem Kopf
an die Wand geknallt. Alles war voller Blut. Er
kam ins Krankenhaus und ist dort gestorben.
Furchtbar."

Ich denke einen Moment nach und sage dann,
dass es doch aber auch positiv ist, dass er bis
zum Schluss getanzt hat und nicht schon lange
krank im Bett gelegen hätte. Ich denke: „Das
gibt es also nicht nur im Film."

Da hätte ich Recht, von der Seite her hätte sie
das noch gar nicht betrachtet, antwortet die nette Dame.

Meine Mutter und ich wollen noch etwas spazieren gehen, obwohl sie mal wieder schlecht Luft
bekommt und ab und an 'pustet'. Wir gehen nur
den kurzen Weg, denke ich, einmal ums Heim

herum, Blumen gucken usw. Auf dem Weg zu den Rosen treffen wir den netten, älteren Herrn aus Neumünster. Ich fange ein belangloses Gespräch über die Baustelle an, die hier schon angefangen wurde und demnächst, keiner weiß wann, beendet werden soll. Er sagt: „In zwei Jahren soll das hier fertig sein." Ich bin erstaunt. Woher weiß er das? Er denkt laut: „Ja, sieben Jahre minus fünf, das bekomme ich noch mit. In zwei Jahren soll das hier fertig sein."

„Aha", denke ich, „was sollte diese Rechnerei? Rechnet er ernsthaft damit noch sieben Jahre zu leben? Er ist schon vierundneunzig, wenn man ihm glauben darf. Oder hat er die fünf der sieben Jahre schon rum? Vielleicht war er ja bei einer Wahrsagerin." Ich frage nicht weiter nach.

Wir sprechen über dieses und jenes und das Singen. Er sei früher im Chor in Neumünster gewesen. Er hätte in vielen Chören gesungen. Warum er das heute nicht mehr macht, frage ich. Das hätte alles nachgelassen, man finde niemanden mehr. Ich sage, dass es hier einen Kirchenchor gibt. Er könne ja auch einen neuen Chor gründen, vielleicht machen einige Bewohner mit. Er schüttelt den Kopf. Hat sich damit abgefunden, dass er hier nicht nur auf Probe ist. Seine Tochter arbeite im Universitätskrankenhaus und hat gesagt, hier sei es gut. „Das Essen ist hier gut", meint er. „Ja," sage ich, „die kochen jeden Tag frisch. Das merkt man."

Er könne ja nichts behalten, kommt alles weg, die Wohnung wird aufgelöst. Es macht ihm schon etwas aus, das merke ich. Er hätte da in Neumünster ja auch niemanden mehr. Alle weg. „Man kann nicht alles mitnehmen", antworte ich, „nur das woran einem etwas liegt."

Meine Mutter scharrt schon mit den Füßen, sie will weiter. Dann kommt eine Ordensschwester, die er kennt, und sie gehen gemeinsam weiter. Meine Mutter und ich gehen zu den Rosen. Sie sieht sie zum ersten Mal.

Die Hosen mit Gummizug im Bund und die weißen Leggings, sowie die Unterhemden, die wir im April beim BoutiqueMobil gekauft haben, sind immer noch nicht wieder auf getaucht. Ich frage bereits zum dritten Mal bei den sehr netten Pflegern auf der Station nach. Sie machen sich erneut Notizen und wollen dran bleiben. Ich lächle. Noch. Nächste Woche muss ich was anderes unternehmen. Vielleicht erst nochmal den Schrank meiner Mutter gründlich durchsuchen, alles rausholen? Schaden könnte es nicht, aber ich glaube nicht, dass ich die verlorenen Sachen finden werde. Ich habe ja schon öfter geguckt. Die Sachen sind neu und würden bestimmt nie tief vergraben im Schrank stecken.

Also nochmal abwarten.

Ich gebe an der Rezeption Bescheid, dass meine Mutter in der folgenden Woche unbedingt zum Friseur soll. Ich hätte das gesagt, sollen sie meiner Mutter ausrichten. Und auf der Station soll notiert werden, dass meine Mutter pustet und abgehorcht werden soll und sie hätte entzündete Augen und braucht Augentropfen.

Manchmal frage ich mich, ob die Pfleger so was nicht sehen. Da könnte doch auch mal einer sagen: Sie haben so rote Augen. Sehen irgendwie ein bisschen entzündet aus. Ich trage sie mal für den Arzt nächste Woche ein.

Warten die immer drauf, dass die Angehörigen oder die Betreuer etwas sagen?

Meine Mutter bringt mich wieder zum Auto. Sie steht dort, ohne Jacke und winkt. Es ist heute frisch. Ich winke zurück, so gut ich kann, während ich wende und abfahre.

## Telefonieren

Ich habe die ganze Woche nicht angerufen. Bin nicht dazu gekommen. Heute ist Freitag. Ich gehe auch nicht hin, bin verabredet. Ich werde sie morgen holen. Hoffentlich ist das Wetter gut, dann kann ich im Garten arbeiten und sie dort sitzen, sich ausruhen und Zeitschriften oder alte Bilderalben angucken.

Ich rufe abends an, wie immer um 18.30 Uhr, frage wieder wie es ihr geht. Ich spule den üblichen Text ab. Sie antwortet fast wie immer. Ich frage, ob sie heute draußen war. „Draußen, natüüüürlich", antwortet sie. Und unten im Veranstaltungsraum? Da würde doch Freitagsnachmittag immer etwas stattfinden. Davon wüsste sie nichts. Ich frage ob sie wirklich unten war. Sie ranzt mich an, was denn diese Fragerei immer soll. Ich sage tschüss und lege auf.

Warum habe ich so reagiert? Leichter Ärger steigt in mir auf. Langsam habe ich auf dieses Theaterspiel keine Lust mehr. Ich! Immer die gute Tochter, die sich um ihre Mutter kümmert und immer lächelt und freundlich und verständnisvoll ist, auch wenn sie angeblafft wird!

Mit meiner Frage habe ich einen wunden Punkt getroffen, das weiß ich. Sie war nicht unten. Muss sie ja auch nicht. Ist mir auch egal, ob sie dahin geht und das kulturelle Angebot nutzt oder nicht, aber sie hat sich mir gegenüber nicht an die Spielregel gehalten. Unsere Telefonate laufen nach bestimmten Regeln ab. Wenn sich einer nicht dran hält, dann funktioniert das nicht.

*Liebe Mama,*

*manchmal würde ich Dich gerne etwas fragen. Zum Beispiel würde ich gerne wissen, auf welchem Arm mein Onkel die Tätowierung mit dem Segelschiff hatte und auf welchem die mit dem Anker. Ich glaube ja, dass der Anker über dem rechten Handgelenk war, denn damals hat man seine Uhr immer am linken Handgelenk getragen. Das Segelschiff muss dann auf dem linken Oberarm gewesen sein. Aber ich frage Dich das nicht, denn ich weiß, dass Du für solche Details nie einen Sinn hattest und Du Dich heute auch nicht mehr daran erinnern würdest.*

*Und manchmal frage ich mich, warum unser Verhältnis eigentlich nie innig war, sondern immer zwiespältig. Für mich, die als Kind, das ausschließlich auf die Mutter angewiesen war, bleibt nur ein Gefühl. Für mich als Erwachsene gibt es natürlich Erklärungen: Du warst selbst ein Flüchtlingskind, bist schlecht bzw. grob behandelt worden von der eigenen Mutter, wurdest in den Nach-*

kriegswirren groß, es gab überall Orientierungslosigkeit und was Du vielleicht sonst noch Schlimmes erlebt hast, ist gar nicht bekannt. Trotzdem. Das muss doch alles kein Grund sein das eigene Kind als störend zu behandeln! Oder?

Manchmal glaube ich, dass die Tatsache, dass meine Tante sich viel um mich gekümmert hat, wenn Du arbeiten warst, mir eine recht glückliche, frühe Kindheit bescherte. Wenn ich an sie und meinen Onkel zurückdenke, spüre ich noch das gute Gefühl der kindlichen Unbeschwertheit. Wenn ich an Dich zurückdenke, ist es eine Art „Habachtstellung", in der ich mich gefühlsmäßig befand. Du warst für mich nicht wirklich kalkulierbar. Du hast Dir Mühe gegeben und wenn es Dir gut ging, dann warst Du auch nett zu mir. Du hast bestimmt immer das Beste gewollt. Aber Du wusstest nicht, was das ist und schon gar nicht, wie man es erreichen konnte. Du bist für mich bis heute nicht kalkulierbar. Aber jetzt bin ich schon lange erwachsen und in einer anderen Position. Ich sehe das mit anderen Augen.

Aber so ist es. Keiner kann aus seiner Haut. Und es gibt keine ideale Mutter.

Als ich Kind war, gab es wesentlich mehr gesellschaftliche Diktate. Moral und Anständigkeit standen hoch im Kurs. „Ein Menschenleben ist das Wertvollste, was es gibt", sagten die Erwachsenen.

*Und alles sollte man richtig machen, ja nicht aus der Reihe tanzen. Also mussten auch die eigenen Kinder spuren. Notfalls mit Prügeln. Das war dann wieder erlaubt. Züchtigung. Sogar Lehrer kamen mit so etwas ungestraft davon. Beliebt waren die natürlich nicht, aber was sollte man machen, als Kind, als Schüler?*

*Ich glaube, es waren immer die Unsicheren, die Hilflosen, die zu solchen drastischen Maßnahmen griffen. Und davon gab es viele. Du gehörtest auch dazu. Vielleicht gibt es heute auch wieder viele davon oder immer noch. Ich weiß es nicht. Wenn man von Kindesmisshandlungen hört, kann man schon auf die Idee kommen. Wahrscheinlich sind wir Menschen so. Es gibt nicht nur starke Persönlichkeiten. Und wir lernen in der Gesamtheit, wenn überhaupt, nur schleppend dazu. Wahrscheinlich habe ich noch Glück gehabt.*

*Wenn ich mir vorstelle, ich wäre in der heutigen Zeit geboren worden, mit Dir als Witwe und Putzfrau, mit Tante und Onkel, die helfen wollen, es aber nicht dürfen weil das Jugendamt dazwischen steckt. Ich stelle mir das lieber nicht weiter vor.*

*Deine Bärbel*

## Schöner Lebensabend

Ich versuche meiner Mutter das Leben in einer anderen als ihrer Heimatstadt schön zu gestalten, indem ich viel mit ihr unternehme. Natürlich habe ich auch etwas davon. Ich würde sonst nie so regelmäßig an Hamburgs schönste Plätze fahren. Wir waren an der Elbe bis nach Wedel, im neuen botanischen Garten, im Loki Schmidt-Haus, bei Hagenbeck, im Hafen, an der Alster, im Jenischpark, im Jenischhaus, im Dahliengarten, im Stadtpark zur Rhododendronblütenzeit uvm. Wir waren auch in Kiel zur Kieler Woche. Ich habe ihr Abzüge von Fotos machen lassen, mit denen sie den anderen zeigen kann, wo sie war. Es geht ihr eindeutig besser als so manch anderem im Heim. Die wenigsten, schon gar nicht die, die im Rollstuhl sitzen, werden von ihren Verwandten zu Ausfahrten abgeholt.

Ich glaube schon, dass sie das zu schätzen weiß, obwohl ich inzwischen manchmal nicht einschätzen kann, wie viel in ihrem Gedächtnis hängen bleibt. Oft erinnert sie sich bereits am nächsten Tag nicht mehr an das, was wir zusammen unternahmen. Aber ich glaube das ist auch nicht so wichtig. Bestimmt bleibt bei ihr ein Gefühl bestehen, dass ihr das Leben auch jetzt noch, wo sie schon so hinfällig ist, lebenswert erscheinen lässt. Ich hoffe es zumindest.

## Ab in die Heide?

Ich bin hin und hergerissen, wie ich den Tag gestalten soll. Eigentlich will ich meine Mutter nachmittags holen, in den Garten setzen und selbst ein bisschen Gartenarbeit machen. Doch das Wetter ist nicht so freundlich, wie ich dachte. Außerdem habe ich länger geschlafen als geplant und überhaupt habe ich keine Lust auf sie. Ihr Besuch würde wieder den ganzen Nachmittag in Anspruch nehmen: Sie abholen, den Rollator einpacken, mitbringen, einen Platz im Garten oder auf der Terrasse suchen, Zeitschriften bereit legen, mich entziehen, ihr Kaffee oder sonstiges bringen. Sie würde wieder da sitzen und in den Zeitschriften blättern, ihren Kaffee trinken, den Keks zwar nicht mögen aber trotzdem essen, sich vor dem Hund erschrecken, von dem sie so tut, als würde sie ihn mögen, und schweigen. Sie würde schweigen. Eine Unterhaltung ist mit ihr nicht mehr möglich. Mir macht das meistens ein ungutes Gefühl, weil ich nicht so recht weiß, was mit ihr los ist. Geht's ihr gut? Ist alles recht? Braucht sie etwas?

Beim Essen zubereiten kommt mir die zündende Idee. Ich hole sie erst morgen und nehme sie mit in die Heide zu meiner Schwiegermutter. Das ist eine gute Idee und ich bin erleichtert. Juhu, heute, ein Tag für mich.

Abends sitze ich noch im Garten und rufe sie an, um zu klären, ob mein Plan für sie in Ordnung ist und ihr zu sagen, dass ich schon vor dem Essen komme. Sie weiß mal wieder nicht, wer sie da anruft. Lüneburger Heide ist das Zauberwort, darauf reagiert sie. Sie sagt zum Mitkommen Ja. Ich frage, ob sie beim Friseur war. Sie sollte doch letzte Woche hingehen und sich die Haare machen lassen, damit sie nicht wie eine Klobürste aussieht. Nein, antwortet sie und wird ein bisschen kleinlaut. „Hm", antworte ich, schön sei das ja nicht. So würde ich sie gar nicht gerne irgendwo mit hinnehmen wollen.

„Mit wem sprechen ich denn eigentlich", fragt sie erneut und mir wird es zu bunt. Ist das jetzt ihre neue Masche, wenn es eng wird? Ich sage ihr, dass ich dann morgen Vormittag erst mal komme und dann sehen wir weiter.

**Ab in die Heide!**

Während ich durch die Straße fahre, in der das Heim meiner Mutter liegt, und einen Parkplatz suche, schaue ich schon fast automatisch nach oben zu ihrem Balkon. Die Balkone sind seit Kurzem wieder mit Blumenkästen voll roter Geranien ausgestattet worden. Bei meiner Mutter kümmern die Blumen ein wenig. Letztes Jahr war das anders, da hatte sie die am üppigsten blühenden Pflanzen.

Das Foyer ist leer, nur ein einzelner Bewohner sitzt draußen. Ich schaue auf den Aufsteller - ah ja, Gottesdienst. Ob meine Mutter wohl dabei ist? Sie war ja nie besonders gläubig, geschweige denn eine Kirchgängerin, doch so manches Mal habe ich sie dort schon gefunden. Ich will da jetzt nicht rein platzen und hoffe noch, dass meine Mutter gestern mitbekommen hat, dass wir heute in die Lüneburger Heide fahren wollen und ich sie vormittags abhole. Also fahre ich mit dem Fahrstuhl hoch zu ihrem Zimmer.

Sie ist nicht da. Das Bett ist nicht gemacht, die Luft ist schlecht und es ist unordentlich. Ich öffne die Balkontür und schnappe mir einen kleinen Müllbeutel, in den ich dann sieben von den zehn Pflaumen hinein lege. Außerdem nehme ich die Banane, zwei Nektarinen und einen Pfirsich mit. Die Butter und den Joghurt lasse ich stehen.

Dann gehe ich hinaus zu den Pflegern und erzähle, dass ich meine Mutter heute mitnehme in die Lüneburger Heide. Sie sind ganz erfreut und die eine erzählt, dass alle Bewohner heute schon auf waren, als sie kam, was sie sehr wunderte. Sie waren zwar alle hundemüde und zerschlagen, konnten aber nicht schlafen. Deshalb hätte sie auf ihren Mondkalender geguckt und gesehen, dass Vollmond ist. Daran müsse es gelegen habe, dass alle nicht gut schlafen konnten. Sie ist Vietnamesin und hat ein sehr fröhliches Gemüt. Vollmond ist erst zwei Tage später, aber vielleicht habe ich sie auch nicht so richtig verstanden. Jedenfalls will sie die Zeit, in der meine Mutter weg ist, dafür nutzen, dort einmal aufzuräumen. Ich freue mich darüber und sage das auch. Wir sprechen auch noch über den Friseur und dass meine Mutter widerborstig ist und sich nicht die Haare waschen lassen will. Man kann sie nicht zwingen, klar. Ich werde trotzdem ein ernstes Wörtchen mit ihr reden.

Als ich wieder unten bin, ist der Gottesdienst grade zu Ende. Die ersten Rollstuhlfahrer werden hinaus geschoben. Ich gehe in den Kirchraum und sehe meine Mutter dort stehen, irgendwie orientierungslos. Ihr Rollator steht an der Seite. Ich begrüße sie und geleite sie dann zum Fahrstuhl. Offenbar ist ihr hier zu viel los, es ist zu unübersichtlich. Sie ist verunsichert, weiß nicht wo es lang geht. Als wir oben sind, weiß sie gar nicht mehr, was wir wollen. Ich sage ihr, dass wir in die Heide wollen und bitte sie, sich die Haare ein wenig her zu richten. Ich sage offen, dass sie ganz ungepflegt und verwuschelt aussieht und frage, warum sie denn nicht, wie besprochen, beim Friseur war. Sie windet sich mit einer Ausrede heraus, ich bin angefressen, weil sie unfreundlich ist. Dann sage ich, dass sie ja nicht mit muss. Sie möchte aber und deshalb soll sie nochmal aufs Klo und gucken, ob sie eine Windelhose anhat. Ich packe noch zwei Reservehosen ein und dann machen wir uns auf den Weg. Die Fahrt zu uns verläuft schweigend. Ich habe keine Lust etwas zu sagen, habe Kopfschmerzen und bin irgendwie schlecht gelaunt.

Auf dem Weg in die Heide halten wir an einem Feld mit 'Blumen zum selbst pflücken' an. Wir wollen meiner Schwiegermutter welche mitbringen. Alle steigen aus. Ich gehe durch die Reihen und suche die schönsten Lilien aus. Stück 1,-€. Fünf für die Schwiegermutter.

Meine Mutter muss mal. Hier ist aber keine Toilette. Sie will auf freiem Feld an ein Blumenbeet pinkeln. Ich glaube es erst gar nicht und halte sie dann davon ab, gehe mit ihr Richtung Waldrand, wo zwar auch alle Menschen der ganzen Welt zuschauen können, aber es doch etwas geziemter wäre, seine Notdurft zu verrichten. Erst ist der Waldboden ihr zu weich, aber dann lässt sie doch die Hose runter.

Wir fahren weiter. Als wir ankommen, wollen wir erst mal zu Mittag essen. Es ist schon halb zwei. Meine Mutter will nichts essen. Hier nicht. Hier war sie noch nie.

Doch, sie muss etwas essen, sonst fällt sie uns noch um und ich muss gleich wieder weg, etwas erledigen, sage ich. Sie setzt sich. Es gibt Spargel mit Schinken und Heidekartoffeln. Meine Schwiegermutter, selbst schon 84 Jahre alt, hat sich Mühe gegeben und entschuldigt sich immer wieder dafür, dass die Spargelstangen schlapp und weich sind. 'Altengerecht', wiederholt sie mehrfach und ich sage, dass wir die einfach aufessen.

Meiner Mutter schmeckt es offenbar. Sie mag die Kartoffeln. Es sind ja auch wirklich leckere Heidekartoffeln.

Dann fahre ich ins Nachbardorf. Meine Mutter will am liebsten gar nicht hier bleiben. Sie kennt ja keinen. Sie erkennt meine Schwiegermutter nicht. Sie schnappt sich ihre Tasche und den Stock und will ein bisschen raus. Meine Schwiegermutter geht mit ihr auf dem Grundstück spazieren, während ich los fahre.

Als ich endlich zurück bin, möchte ich noch eine Tasse Kaffee trinken. Die beiden Omas haben das schon gemacht, mit Kuchen essen und so. Meine Mutter kann es kaum abwarten, weg zu kommen. Wir trinken trotzdem Kaffee zusammen und essen noch mehr Kuchen. Ich glaube für meine Mutter sind das jetzt schon zu viele, ungewohnte Eindrücke. Sie ist erschlagen davon und hat ja auch keinen Mittagsschlaf gemacht. Im Auto hat sie nicht geschlafen. Vielleicht tut sie es auf dem Rückweg. Meine Mutter macht auf mich einen sehr hilflosen Eindruck und guckt mich immer wieder mit großen Augen an.

Draußen will ich, dass sie sich ihr Gesicht eincremt. Ihr Ekzem oder was auch immer sie hat, blüht auf und wird wieder rot. Sie stellt sich ungeschickt an, aber die Salbe hilft. Dann fahren wir endlich los.

Auf dem Rückweg kriegt sie auch kein Auge zu. Wenn ich in den Rückspiegel schaue, sehe ich ihren hilflosen Blick auf mich gerichtet.

Als wir ankommen, ist sie wie erwartet orientierungslos. „Und wo muss ich jetzt hin?" „Ich bringe dich", sage ich und wir gehen auf die Station zu ihrem Zimmer. Ein kurzer Blick sagt mir, dass die Pflegerin ihr Wort gehalten hat und etwas aufräumte. Meine Mutter checkt erst mal den

Tisch mit den Medikamenten ab. Zuerst nimmt sie das Fläschchen mit dem Schnaps in die Hand und prüft den Inhalt.

Ich hatte zwischendurch schon das Gefühl, dass sie auf Entzug sei. Wir haben ja die Alkoholmenge halbiert. Manchmal war meine Mutter ganz gelbweiß im Gesicht und hatte eine rotblaue Nase. Außerdem war ihr zwischendurch plötzlich kalt und sie zitterte. Ihre Laune ist seit der Halbierung auch nicht mehr gut. „Ich muss mal mit der Ärztin sprechen", denke ich.

Einerseits glaube ich, dass wir sie sich kaputt machen lassen, wenn wir ihr mehr Alkohol geben. Sie ist ja kleiner geworden und verträgt auch nicht mehr so viel. Andererseits verlangt sie nach Worten der Pfleger auch gar nicht mehr immer danach, sondern lehnt zwischendurch sogar ab. Und sie war mit einer höheren Dosis ja auch schon sehr sturzgefährdet.

Ich weiß nicht, was richtig ist. Quälen soll sie sich nicht auf ihre letzten Tage.

## Am nächsten Tag

Heute ist sie am Telefon sehr freundlich. Ja, es geht ihr gut. 'Natüüürlich' (mit Betonung) war sie draußen. Jetzt regnet es ja wieder. So ist das. Einen schönen Abend noch. „Tschöön, Tschün, Tschün." Ich werde diese Art der Verabschiedung irgendwann vermissen.

Das Buch, das mir vor kurzem in die Hände fiel, mit dem Titel „Club der Töchter", geht ganz schon an meine Substanz. Durch die Aussagen einiger Frauen in ihren Situationen als Töchter ist mir klar geworden, dass ich eine Tochter bin, die aus Pflichtgefühl handelt. Nicht aus Liebe. Offenbar gibt es ganz viele Töchter, die ihre Mutter lieben. Ich gehöre nicht so richtig dazu. Obwohl, irgendwie liebe ich sie schon. Sie ist ja meine Mutter und nicht alles war schlecht. Es hat auch viele Dinge gegeben, die wir zusammen gut geregelt haben. Es gab auch viel, auf das ich mich verlassen konnte. Es war, zumindest als ich auf dem Weg zum Erwachsensein war, okay. Doch mir wird immer wieder klar, wie wichtig und beziehungsprägend einige Erlebnisse in früheren Jahren waren.

*Liebe Mama,*

*als ich noch ein Kind war erzähltest Du mir einmal, dass Du mich nur kurz gestillt hättest, weil ich Dich andauernd gebissen hatte. Die Art und Weise, wie Du das erzähltest, und Du hast es immer wieder so vehement zum Ausdruck gebracht, hat mich damals schon verletzt. Ich weiß noch genau, wie sich das für mich als Kind anfühlte. Ich konnte mich ja nicht daran erinnern, ein Baby gewesen zu sein. Und ich habe Dich bestimmt nicht mit Absicht gebissen.*

*Du hast Dir wahrscheinlich nie Gedanken darüber gemacht, wie etwas, das Du behauptest, bei anderen ankommt. Schon gar nicht bei Kindern.*

*Es tut mir Leid, wenn ich Dir damals weh getan habe. Entschuldige bitte.*

*Deine Bärbel*

## Ein normaler Spaziergang

Ich habe die Pullover meiner Mutter gewaschen und gestern, als es so warm war, auf Wäscheständern ausgebreitet und draußen getrocknet. Ihr Geruch geht jedoch nicht mehr ganz raus. Diese Mischung aus staubiger, säuerlicher Muffigkeit schlägt mir auf dem Hof entgegen, als ich in den Garten gehe. Manchmal komme ich nicht dagegen an. Dieser Geruch hängt auch in ihrem Zimmer, deshalb reiße ich immer gleich die Balkontür auf.

Wie immer klopfe ich an ihre Tür, bevor ich sie öffne. Ein 'Herein' warte ich inzwischen gar nicht mehr ab, sondern öffne sie sofort. Diesmal ist meine Mutter nicht da. Unten im Eingangsbereich habe ich sie nicht gesehen. Ich gebe erst mal den 'Medizinnachschub' bei dem französischen Pfleger ab, den ich nicht ausstehen konnte, weil er meine Mutter auf dem Flur wegen ihrer Alkoholsucht vorgeführt hatte. Doch nachdem ich mich bei seinem Vorgesetzten beschwerte, ist er lammfromm. Ich bin sogar ein- oder zweimal in seiner 'Französischstunde' gewesen. Er macht das ganz nett, spielt alte französische Chansons und deutsche Schlager von französischen Sängerinnen, stellt Fragen zu der Zeit, in der die Lieder populär waren und bindet die interessierten Bewohner, ein kleiner Kreis, in nette Gespräche ein.

Ich lobe ihn für sein Engagement. Man muss sich ja gut stellen. Er blüht regelrecht auf, kann gar nicht mehr aufhören zu erzählen. Ich will eigentlich weg und überlege, wie ich aus dieser Situation am Besten raus komme. Zum Glück klingelt irgendwann mein Telefon und ich entschuldige mich und wünsche noch einen schönen Tag.

Dann muss ich meine Mutter suchen und fahre wieder nach unten. Ich finde sie auf der Terrasse. Sie sitzt am Tisch in einem großen Abstand zu drei anderen Damen. Die eine, die Kettenraucherin, ist schon wieder am Einnicken. Die anderen beiden, eine davon ist Pflegerin, unterhalten sich angeregt über einen kleinen weißen Hund, der unter dem Tisch liegt. Meine Mutter hört anscheinend zu. Obwohl - ich bin gar nicht sicher, ob sie wirklich viel versteht. Sie ist ja schon ganz schön schwerhörig.

Sie war beim Friseur! Juhu. Sie sieht zwar immer noch etwas zauselig aus, aber die Haare sind jetzt gekräuselt, da fällt es nicht so auf. Oben auf ihrem Kopf, ziemlich in der Mitte, wuschelt es sich zusammen wie eine Art Babyzipfel. Sie sieht auf einmal richtig kindlich aus.

Sie freut sich, mich zu sehen, und wir beschließen ein wenig zu laufen. Eine kleine Runde, denn es ist sehr warm. Meine Mutter hat auch noch eine Wollstrickjacke an und zwei Jacken zusätzlich auf ihrem Rollator liegen, eine davon aus Fleece. Sie sollen mit spazieren fahren. Meine Mutter will sie nicht im Flur des Eingangsbereiches aufhängen. Sie hat Angst, dass sie gestohlen werden. „Das sind gute Jacken!"

Sie hält öfter an und atmet schwer, deshalb ist sie wieder sehr langsam unterwegs. Mir fällt das extrem langsame, schleichende Gehen ganz schön schwer. Manchmal wird mir davon regelrecht schlecht. Ich fühle mich manchmal wie ein Fahrradfahrer, der nicht genug Schwung hat und umzukippen droht. Dann holpern wir den unebenen Weg zu dem großen Teich hinter dem großen Haus neben dem Seniorenheim entlang. Auf dem Rückweg klimpert es auf einmal seltsam metallisch. Ich drehe mich um und sehe, wie meine Mutter sich bückt. Sie hebt einen Teelöffel auf, der aus dem grobmaschigen Korb ihres Rollators gefallen ist. Ich nehme den Löffel und trage ihn in der Hand zurück. Dabei überlege ich, was ich wohl denken würde, wenn ich jemanden wie mich mit einer alten Frau am Rollator und einem Teelöffel in der Hand im Wald träfe.

Als wir wieder in ihrem Zimmer angekommen sind, packe ich erst mal die Pullover aus. Dann stelle ich den mitgebrachten Lavendeltopf auf den Balkon. „Der riecht aber streng", sagt meine Mutter. Ich erkläre ihr, dass die Blumentöpfe mit den Pfennigbaumablegern nicht unter Wasser stehen dürfen. Es seien keine Wasserpflanzen. „Achso."

Ihre Medizin steht schon auf dem Tisch. Ich gebe meiner Mutter ein großes Glas Wasser. Sie soll viel trinken, wegen der Hitze, sage ich. Sie trinkt es brav aus. Danach nimmt sie ihre Tablette. Zweimal prüft sie das Fläschchen mit dem Schnaps. Den soll sie erst nach dem Essen trinken, sage ich.

Sie kommt mit runter und bringt mich wieder zu meinem Auto. Ein kleiner, weißer Hund springt hüpfend auf sie zu. Er freut sich. Das Frauchen sagt, dass der Hund das immer machen würde. „Sie mögen sich wohl", antworte ich. Dann steige ich ein und fahre nach Hause.

*Liebe Mama,*

*ich weiß gar nicht mehr wann es anfing, dass Du immer hilfloser wurdest. Es ging schleichend. Vor noch nicht allzu langer Zeit wolltest Du mir immer im Haushalt helfen, wenn ich Dich zu einem Besuch bei mir abgeholt hatte. Bügeln war Deine Lieblingsbeschäftigung. Ich habe Dir dann das Bügelbrett ins Wohnzimmer gestellt, den Fernsehapparat angeschaltet und Dich bügeln lassen. Du schafftest locker die Bügelwäsche einer ganzen Woche. Darüber habe ich mich immer sehr gefreut. Dann irgendwann setztest Du dich zwischendurch immer wieder mal hin. „Weil das so schwer geht. Ich muss mich mal einen Moment ausruhen", sagtest Du. Irgendwann vergaßt Du, mich darauf anzusprechen, etwas helfen zu wollen. Du saßt fortan nur noch da, blättertest in Zeitschriften mit bunten Bildern oder starrtest manchmal einfach nur so vor*

*Dich hin. Ich habe auch nichts gesagt, wollte Dir nichts aufdrängen. Lange stehen und viel bügeln ist ja wirklich anstrengend.*

*Deine Bärbel*

## Immer wieder suchen

Zwei Wochen war ich nicht bei ihr. Ich hatte keine Zeit. Natürlich habe ich mit ihr telefoniert und ihr auch gesagt, dass ich es diese eine Woche nicht schaffe. Sie hat mütterlich, verständnisvoll geantwortet. Das sei nicht so schlimm, mach man mein Kind.

Seltsames Gefühl, das zu hören.

Ein paar Tage später ruft meine Cousine an und erzählt mir mit dauerhaft erhobener Stimme, dass sie nachmittags bei meiner Mutter angerufen hätte. Diese sei nicht auf dem Zimmer gewesen, deshalb wäre sie mit der Station verbunden worden und die Schwester hätte meine Mutter dann ans Telefon geholt. Ja, klar, denke ich. Meine Cousine weiß aber, dass meine Mutter nicht im Krankenhaus sondern im Pflegeheim ist und dass sie immer am Besten abends um 18.30 Uhr nach dem Abendbrot telefonisch zu erreichen ist.

Aber egal. Dann hätte meine Mutter gar nicht gewusst, wer sie sei, obwohl sie ihr das erklärt hat. Und dann hätte meine Mutter gesagt, sie möchte nicht nochmal von ihr angerufen werden, was denn dieses Gequatsche immer solle.

Bumm. Damit hat meine Kusine offenbar nicht gerechnet. Sie wirkt leicht beleidigt. Ich bin immer wieder etwas erstaunt darüber, denn ich habe mit ihr schon oft über den gesundheitlichen Zustand meiner Mutter gesprochen. Und auch diesmal habe ich ihr wieder gesagt, dass so eine Reaktion zum Krankheitsbild gehört. Verstehen tut sie das aber offenbar nicht wirklich. Naja, bei mir hat das ja auch lange gedauert. Und auch wenn man das weiß ist es schwer, sich ständig zu vergegenwärtigen, dass dieser Mensch sich verändert hat, und zwar grundlegend.

Als ich am Freitag wieder ankomme, ist meine Mutter nicht auf dem Zimmer, sondern unten auf der Toilette neben dem Aufenthaltsraum, wie mir die Dame an der Rezeption mitteilt. Ich fahre aber erst mal nach oben, um die mitgebrachten Sachen abzustellen und den frischen Blumen Wasser zu geben, denn ihrem Zimmer befinden sich zwei völlig vertrocknete Blumensträuße.

Ich treffe die Pflegerin, mit der sich meine Mutter gut versteht. Sie erzählt mir, dass meine Mutter letztens abends um halb 10 Uhr zum Spazieren-gehen losgelaufen ist. Danach wäre sie zurück gekommen und wollte zum Abendbrot. „Tja, da hat sie wohl die Tageszeit verwechselt", antworte ich gelassen. Die Pflegerin äußerte Ängste, dass meine Mutter nicht mehr zurück finden könnte, vor allem wenn es nachher wieder früh dunkel wird. Oh Mann, denke ich. Es ist grade Sommer geworden. Welches Orakel hat denn prophezeit, dass meine Mutter das jetzt immer machen wird, so spät spazieren gehen?

Dann sagt sie, dass eine der weißen Leggins aufgetaucht sei, die wir seit April vermissen. Ich freue mich. Eine andere hätte sie aber an, das hätte sie gesehen als meine Mutter sich auszog um geduscht zu werden. Ich beschließe, dass heute ein guter Tag ist, um die Schränke meiner Mutter noch einmal ganz supergründlich nach den verlorenen gegangenen Kleidungsstücken zu durchsuchen, denn es regnet Bindfäden. Und zaghaft hege ich die Hoffnung, dass sich auch der verloren gegangene Schlüssel wieder an findet.

Nachdem meine Mutter und ich im Aufenthaltsraum lange schweigend nebeneinander gesessen haben während ich Zeitung las, fahren wir auf ihre Station und gehen in ihr Zimmer. Sie wirkt heute ganz friedlich. Es ist ja auch Freitag und zum Mittagessen gibt es dann immer ein Glas Weißwein. Vielleicht liegt es daran? Jedenfalls beginne ich ihre Schränke auszuräumen. Stück für Stück begutachte ich die Kleidungsstücke und finde viele, die schmuddelig sind oder gelbe Krägen vom zu langen Hängen haben. Alles wandert in die Wäsche. Derweil erzähle ich immer wieder das gleiche, nämlich warum ich das mache. Anfangs ist meine Mutter noch ganz ruhig, versucht wahrscheinlich sich zu erinnern. Dann steht sie lange direkt hinter mir, sodass kaum noch Licht vom Fenster zum Schrank gelangt. Ich bitte sie ein wenig zur Seite zu gehen, was ihr offenbar missfällt. Sie wird nörgelig, fragt, warum ich das denn mache. Ich erkläre es geduldig und finde schließlich auch die drei Unterhemden, die wir gekauft haben. Alle drei im Koffer, der neben dem Schrank steht. Keines davon ist namentlich gekennzeichnet. Das wundert mich, denn ich habe alle Sachen zusammen weiter gegeben. Doch dieses Mysterium aufzuklären wäre vergebliche Liebesmüh.

Ich bitte meine Mutter, mir einmal die Leggins, die sie trägt, zu zeigen. Widerwillig macht sie das. Ich sehe gleich, dass diese Hose nicht weiß ist, sondern beige. „Sind die Leute eigentlich farbenblind?", denke ich ärgerlich. Die Hose ist beschmutzt und deshalb soll sie sich umziehen. Die weiße Leggins ist ja nun da. Alle anderen Leggins sind weg. Keine Rote, keine Blaue, keine Bunte mehr im Schrank. Seltsam, denke ich, kann mir aber auch keinen Reim darauf machen.

Dann wird meine Mutter plötzlich biestig. Nun hätte ich ja genug in ihren Sachen herum geschnüffelt. Erstaunlicherweise trifft mich ihre Art und ich reagiere entsprechend streng, erkläre aber zum hundertsten Mal, worum es geht. Meine Mutter macht den Eindruck, das ihr das ganz egal ist. Sie ist froh, dass ich jetzt auch wieder gehen muss.

Schön, dass ich mal wieder da war.

Sie bringt mich wie meistens zum Auto.

## Immer schlecht gelaunt

Es wird nicht besser. Aber das habe ich auch nicht erwartet. Doch ich wünsche mir, dass sie mal ein bisschen gute Laune haben würde. So schlecht geht es ihr doch nicht. Den Umständen entsprechend jedenfalls. Als ich um 15.00 Uhr da bin, liegt sie noch im Bett. Erst später fällt mir ein, dass es am Freitag ja ein Glas Wein zum Mittagessen gibt und dass sie deshalb sicher ein sehr langes Verdauungsschläfchen macht. Sie sagt: „Na, was soll ich denn sonst machen", als Aussage, nicht als Frage gemeint und stützt sich hoch, als ich mal wieder die Tür aufreiße, um frische Luft ins Zimmer zu lassen. Kein Wunder, dass man rammdösig wird, so ohne Sauerstoff!

Ich habe unseren Hund mitgebracht, er wartet im Auto. Wir wollen mit ihm eine Runde ums Haus drehen. Sie ist einverstanden, zieht sich richtig warm an. Ich sage, dass es Sommer ist, windstill und um die 20 Grad. „Naja", antwortet sie, „ich hab ja nicht viel an." Sie hat wie immer ein Unterhemd an, eine Bluse, die sie bestimmt schon seit mindestens einer Woche nicht gewechselt hat, man sieht es am Kragenrand und an den Manschetten, einen leichten Pullover, darüber eine Wollstrickjacke. Darüber zieht sie für den Spaziergang noch eine gefütterte Fließjacke mit Kapuze an.

Während sie sich anzieht entsorge ich die kleinen Hotelportionen Butter, die weich und fast auslaufend verteilt im Zimmer herumliegen und stecke

127

den vertrockneten Blumenstrauß in den Mülleimer. Auf dem Balkon nehme ich die Zimmerpflanzen aus den Übertöpfen, in die es hinein geregnet hatte, denn es wäre schade wenn alle verfaulen würden.

Als wir hinaus gehen wollen, wird sie plötzlich sehr unfreundlich. Ich würde immer alles von ihr wegschmeißen. Mein Nervenkostüm ist heute nicht so stabil, deshalb frage ich gezielt nach: „Immer? Alles?" Was sie denn damit meinen würde. Na immer alle ihre Sachen. Ob sie die vertrockneten Blumen meint, die ich grade in den Müll tat? frage ich sie provozierend. Sie lenkt ein, blickt zur Seite und sagt: „Ist guuut, ist guuut. Wolln wir nicht mehr drüber sprechen." Das ist ihre Art Konflikte zu bewältigen.

Kaum dass wir unseren Hund aus dem Auto gelassen haben, passiert ihm mitten auf dem Weg zum Heim ein Malheur. Ich laufe hin und her, um mit Schaufel und Besen, Eimer, Sand und Wasser alles zu beseitigen. Derweil sitzt meine Mutter auf einer Bank vor dem Eingang und guckt böse und grimmig vor sich hin. So ab und zu mal ein Lächeln würde ihr stehen, denke ich, als ich an ihr vorbei eile. Dann sind wir soweit. Wir drehen unsere Runde durch die zum Heim gehörende Parkanlage mit Wald. Der Hund schnüffelt überall, meine Mutter findet es hier schön, die Luft, die Bäume, alles so erholsam.

Auf halbem Weg zurück bemerkt sie, dass sie einmal muss. Wir befinden uns nicht weit vom Haupthaus entfernt. Sie will unbedingt in die

Landschaft pinkeln. Ich bin vehement dagegen. Wir sind ja nicht fernab jeglicher Zivilisation und zur Toilette sind es nur ein paar Schritte. Sie wollte das schon öfter machen. Irgendetwas scheint sie daran zu finden und einmal habe ich es zugelassen und fand den Anblick würdelos. Eine alte Frau zieht schwankend auf weichem, wackeligen Waldboden ihre Hosen runter, kann sich nicht mehr richtig hin hocken und pinkelt sich natürlich an die Hose. Nein! Das kommt nicht mehr in Frage. Ich treibe sie an zurückzugehen. Erst ist sie mürrisch, dann bleibt sie ständig stehen um irgendeinen Busch zu bewundern. Sie schafft es noch und während sie auf der Toilette ist, bringe ich den Hund ins Auto. Auf dem Weg zurück zum Heim treffe ich eine Pflegerin, die eine andere Bewohnerin spazieren schiebt. Sie sagt, dass meine Mutter in der letzten Zeit nicht gut drauf ist. Ich bestätige das, weiß aber auch keinen Rat. Vor allem mit den anderen Bewohnern sei sie so unfreundlich. Ich weiß das, habe aber auch keine Ahnung, wie man das ändern kann.

Dann setzen meine Mutter und ich uns noch für einen Moment schweigend auf die Bank vor dem Eingang. Es ist wirklich ganz windstill und extrem ruhig. Fast schon surreal. Meine Mutter redet nicht mehr. Auf meine Fragen ob es ihr gut geht oder ob sie Schmerzen hat antwortet sie einsilbig. Meine Vermutung ist schon seit langem, dass sie schwere Depressionen hat. Bisher hatte sie sich jedoch jeglicher Behandlung entzogen.

Sie bringt mich noch zum Auto und winkt mir hinterher.

Die stinkende Decke, die auf ihrem Bett lag, habe ich eingepackt und gleich in die Waschmaschine gesteckt.

## Klobürsten

Grade gestern bin ich von der schönen Nordseeküste zurück gekommen und noch völlig entspannt und milde gestimmt. Ich habe meiner Mutter am Telefon gesagt, dass ich heute zu Besuch komme, wie fast jeden Freitag. Als ich ankomme hat sie es natürlich schon wieder vergessen.

Es ist ein besonders schöner Sommertag, lauwarm und windstill und viele Bewohner sitzen draußen im Hof in Strandkörben oder an Tischen unter aufgespannten Sonnenschirmen. Auch im Gemeinschaftsraum ist etwas los. Es wird ein Film gezeigt. Mein Blick schweift überall herum, aber meine Mutter scheint nicht da zu sein. Ich fahre also mit dem Fahrstuhl zur Station hinauf. In ihrem Zimmer ist sie auch nicht. Wie immer reiße ich die Balkontür auf, die diesmal zu meinem Erstaunen einen Spalt weit geöffnet ist. Ein Handfeger liegt dazwischen, damit die Tür nicht zu fällt. Typisch meine Mutter, denke ich. Sie bückt sich gerne bis auf den Boden. Ich stelle wieder den Hocker davor. Die Gladiole, die ich ihr mitgebracht habe, will ich ins Wasser stellen. Der Blumenstrauß der letzten Woche ist komplett vertrocknet und landet gleich im Mülleimer. Im Bad, wo ich Wasser hole, finde ich unter dem Waschbecken zwei Klobürsten. Sie sind rot und haben jeweils einen gleichfarbigen Topf, in dem die Bürsten stecken. Ich schaue mich um und sehe die weiße Toilettenbürste meiner Mutter neben der Toilette stehen. Sammelt sie jetzt etwa auch Klobürsten? Ich kann es kaum glauben, aber beim näheren Hinsehen stellen sie sich als gebraucht heraus. Jetzt suche ich meine Mutter erst mal. Hoffentlich ist sie nicht so weit weg, spazieren gegangen oder Ähnliches. Als ich wieder unten bin und in den Garten schaue, sehe ich sie auf einer Bank zwischen zwei korpulenten Damen sitzen. Links und rechts daneben sitzen noch drei weitere Frauen in Rollstühlen. Meine Mutter wirkt dazwischen so klein, zerbrechlich und hilfsbedürftig. Ich hatte sie vorhin glatt übersehen!

Die Gesprächsrunde löst sich auf, als ich komme. Meine Mutter und ich wollen noch ein wenig spazierengehen. Weil das Wetter so schön ist, wird ein großer Spaziergang draus, durch die Straßen, Vorgärten gucken und am Waldrand wieder zurück. Sie meistert die Strecke erstaunlich gut und giert nach den Brombeeren am Straßenrand. Zum Glück haben wir keinen Behälter dabei, um sie zu sammeln. Sie sehen nämlich vertrocknet und unappetitlich aus.

Zurück in ihrem Zimmer frage ich sie nach den Klobürsten. Die hätten da gestanden, schon immer. „Nein Mama, das stimmt nicht. Das weiß ich genau. Die haben letzte Woche nicht dort gestanden." Meine Mutter schaut die Toilettenbürsten genau an, während ich ihr erzähle, wie unhygienisch die seien und dass Neue wirklich wenig Geld kosten. „Die sind doch noch gut", sagt sie. „Nein", antworte ich und lege sie erbarmungslos in den Mülleimer, nehme die Tüte raus, knote sie zu und lege sie vor die Zimmertür. Ich werde sie beim nach Hause gehen sie in den Müll schmeißen. Bei gebrauchten Klobürsten hört es echt auf! Zum Glück bin ich immer noch entspannt und milde gestimmt. Ich fordere sie auf, sich die Hände zu waschen. Wer weiß, was an der Bürste alles dran ist. Sie greift unwirsch zu einer Pumpflasche, die auf dem Regal steht, drückt drauf und verreibt eine weiße Flüssigkeit unter dem laufenden Wasserhahn an ihren Händen. Ich sehe, dass es gar nicht schäumt und schaue auf die Flasche: Körperlotion. Irgendwie lustig denke ich, sie findet das aber nicht. Wahrscheinlich ist es besser, wenn ich ihr ein Stück Seife zum Hände waschen hinlege. Dann ist die Verwechslungsgefahr zwischen Flüssigseife und Körperlotion kleiner.

## Geburtstagsausflug

Meine Mutter hat in diesem Jahr an einem Donnerstag Geburtstag. Es sind noch Schul- und Semesterferien, sodass ich alles problemlos organisieren kann. Unsere jüngere Tochter kommt nachmittags schon mit ins Heim, denn finanzielle Zuwendungen im Namen der Oma gibt es auch nicht umsonst. Und das mobile Telefon bleibt stecken! Tut es auch. Sie weiß ja was sich gehört. Ebenso wie ihre Schwester, die erst später ins Spiel kommt.

Meine Mutter sitzt, entgegen meinen Erwartungen, bereits um 14.00 im Foyer. Sonst liegt sie um diese Zeit immer im Bett und macht ein Nickerchen nach dem Mittagessen. Ich gehe auf sie zu und sage: „Hallo Geburtstagskind, herzlichen Glückwunsch." Die anderen Bewohner, die dort herumlungern, guckten neugierig. Meine Mutter reagiert verhalten. Ich bin nicht sicher ob sie nicht weiß, worum es geht oder ob sie schüchtern ist. Ich tippe auf 70% Überrumplungseffekt und 30% Befangenheit. Dann stelle ich meine Tochter Anna vor, als ihre Enkelin. Anna ist ein hübsches Mädchen das freundlich lächelt und strahlt. Alle sind beeindruckt. Meine Mutter weiß erst nicht so recht, mit wem sie es zu tun hat, aber dann genießt sie den Ruhm, der ihr durch die nette, junge Verwandtschaft zu Teil wird.

Wir wollen erst mal nach oben fahren und in ihr Zimmer gehen, um die Blumen in eine Vase zu stellen und die Geschenke abzulegen, und gehen zum kleinen Fahrstuhl, vor dem schon jemand wartet. Weder zu dritt noch zu viert passen wir dort hinein und beschließen deshalb zum großen Fahrstuhl zu wechseln. Auf dem Weg dorthin kommt uns eine Pflegerin mit einem humpelnden, orientierungslosen Bewohner entgegen und gibt ihm 'Einparkhilfe', wie sie es nennt. Wir warten, bis der Weg zum Fahrstuhl frei ist und gehen weiter. Nach einer längeren Wartezeit kommt der Fahrstuhl endlich, drinnen sitzt eine Rollstuhlfahrerin mit dem Rücken zu uns. Sie schafft es anscheinend nicht alleine rückwärts raus zu fahren. Ich helfe ihr. Meine Mutter guckt griesgrämig. Wir steigen ein und drücken auf die Vier. Der Fahrstuhl hält schon auf der Eins. Fünf Leute wollen nach unten. Das passt nicht. Wir fahren weiter. Der Fahrstuhl hält auf der Zwei. Eine Frau mittleren Alters trägt einen Flachbildschirmfernseher, eine Rollstuhlfahrerin und eine weitere Frau steigen ein. Sie wollen eigentlich nach unten. Der Fahrstuhl hält auf Drei. Ein Mann steigt ein. Er will auch nach unten, muss aber erst mal mit nach oben. Er macht einen Scherz, wir lachen. Meine Mutter macht wegwerfende Handbewegungen. Der Fahrstuhl hält auf Vier. Die Frau mit dem Flachbildschirmfernseher muss aussteigen, damit wir drei raus können. Sie sieht angestrengt aus, lächelt aber und hat trotzdem eine Nettigkeit auf den Lippen. „Das wäre eine perfekte Loriot-Fahrstuhlszene gewesen," denke ich.

Auf dem Flur treffen wir eine Pflegerin. Wir erzählen ihr, was wir vorhaben und schieben uns ins Zimmer meiner Mutter. Ich gehe vor und reiße die Balkontür auf. Frische Luft! Wir stellen den Blumenstrauß in die mitgebrachte Vase und packen die gewaschenen Pullover und die Geschenke aus. Meiner Mutter geht alles zu schnell. Zu viele Impulse. Anna lässt mich, guckt zu wie ich agiere, steht da und guckt nett und brav. Das kann sie gut. Danke, mein liebes Kind, denke ich und: Mehrere Jahre Schauspielunterricht zeigen ihre Wirkung.

Als ich frage, ob sie Lust hat mit uns spazieren zu gehen, sagt meine Mutter sofort ja. Ich bitte sie sich eine Windelhose an zu ziehen. Sie macht es, aber ungern. Dann geht es los. Wir klappen den Sitz im Auto für den Rollator runter und fahren Anna erst mal nach Hause, weil sie nachmittags noch einen Termin hat und ich ihre Bereitschaft nicht überstrapazieren will. Ich fahre mit meiner Mutter weiter zum Dahliengarten. Dort erwarten wir Lisa, meine ältere Tochter. Meine Mutter und ich ergattern einen schönen, schattigen und luftigen Platz zum Kaffeetrinken am Kiosk vor dem Eingang. Kurze Zeit später kommt Lisa an. Meine Mutter erkennt sie nicht.

Wir trinken Eiskaffee, Lisa isst Kuchen und meine Mutter trinkt Apfelschorle. Dann gehen wir durch die Reihen der Dahlien. Meine Mutter setzt das Käppi, das ich von zu Hause mitgebracht habe, brav auf und wir gehen Blumen gucken. Dieses Jahr ist es wirklich nicht üppig. Einige Pflanzen sind noch sehr klein. Der Sommer war bisher lange sehr kühl und feucht. Trotzdem, einige Blüten gibt es zu bewundern, was wir ausgiebig tun und dann setzen wir uns wieder auf eine Bank im Schatten mit Blick auf die Dahlienbeete.

Lisa und ich haben etwas Ruhe und Zeit um miteinander zu klönen. Ein Mann fortgeschrittenen Alters in Shorts mit kräftigen, weißen Männerbeinen in hochgezogenen Socken und Sandalen taucht auf und fotografiert mit seinem Handy die Blumen aus verschiedenen Perspektiven. Mir kommt er sehr eigenartig vor. Wir amüsieren uns über sein Outfit. Dann ist es auch schon wieder soweit. Wie gehen zum Auto zurück. Wir verabschieden uns von Lisa.

Meine Mutter und ich fahren zurück. Schweigend. Ich glaube, es war wohl sehr viel für sie. Wir kommen an und sie weiß gar nicht, wo sie hin soll. „Muss ich hier aussteigen?" „Ja, ich helfe Dir." „Wo muss ich denn jetzt hin?" „Ich komme mit und zeige Dir Dein Zimmer." „Wohne ich jetzt hier?" „Ja, ich zeige Dir Dein Zimmer." Ich bringe meine Mutter noch nach oben und dann kommt sie wieder mit nach unten um zu gucken, wo denn der Speisesaal ist. Ich gehe zum Auto. Sie folgt mir bis zum Ausgang und winkt.

## Obst und Blondinen

Ich kann nicht mehr jeden Tag bei ihr anrufen. Das ist zwar schnell erledigt, denn unsere Telefonate beschränken sich ja auf: „Hallo, ich bins, wie geht es dir heute?" „Jaha, gut. Wie solls mir schon gehen." „Was hast du heute gemacht?" „Och, was soll ich schon machen?" „Gab es eine Veranstaltung bei euch, das läuft doch immer etwas, Bingo, Filme gucken oder so." „Nö, da war heute nichts. Jaha, danke für den Anruf." Und Tschuüß.

In der letzten Zeit hat sie häufiger gefragt, mit wem sie denn eigentlich sprechen würde. Nein, ich schaffe es zeitlich nicht. Das Zeitfenster, in dem ich sie ansprechbar erreiche, ist zu klein. Es muss ziemlich genau 18.30 Uhr sein. Vorher ist sie noch nicht in ihrem Zimmer, kurze Zeit später ist sie durch ihre Medikamente schon so beduselt, dass sie nur noch lallt oder völlig durcheinander kommt.

In diesem Jahr ist es für September ungewöhnlich warm, doch meine Mutter ist gekleidet wie immer. Wollpullover, Bluse drunter, Unterhemd und BH. Unter der Tageshose trägt sie eine Leggins und darunter natürlich noch eine Unterhose. Letztens hatte sie sie falsch herum angezogen, durch das Hosenbein zur Taille rauf. Das drückte dann doch ein wenig und sie versuchte sich zu befreien, bekam die Hose aber nicht runter. Sie zerrte und zog, wurde immer aggressiver, ließ sich nicht helfen.

Immer wenn ich sie anspreche und frage, ob sie nicht ein wenig zu warm angezogen sei, immerhin hätten wir draußen 25 Grad, antwortet sie, nein, sie hätte ja fast nichts drunter. „Dann muss sie eben schwitzen", denke ich. Vielleicht friert sie ja auch. Ich weiß es nicht und kann es nicht ändern.

Schon als ich letzte Woche bei ihr war fiel mir auf, dass es ungewöhnlich aufgeräumt in ihrem Zimmer war. Es fehlte das Obst. Sie sammelt ja sonst massenweise Obst, so viel, wie sie im Leben nicht essen kann. Äpfel, Pflaumen, Birnen, Kiwis, alles, was im Speisesaal angeboten wird, nimmt sie mit in ihr Zimmer und hortet es dort. Manchmal ist sie großzügig und gibt mir etwas mit.

Außerdem liegen normalerweise überall verteilt Häufchen aus einmal benutzten Servietten herum. Doch diesmal ist alles leer. „Schön", denke ich, „endlich hat mal jemand ordentlich aufgeräumt." Meine Mutter hat es offenbar nicht bemerkt, zumindest bemängelt sie nichts. Doch eine Woche später ist immer noch alles aufgeräumt. Kein Obst und keine Servietten. Ich kann es kaum glauben und gucke genauer, und sehe, dass an ihrem Bett im Nachtschrank ein paar Servietten liegen. Immerhin. Und doch kommt es mir komisch vor. Warum sollte das Personal jede Woche so intensiv aufräumen? Das wäre ja grundsätzlich ein Eingriff in das Persönlichkeitsrecht meiner Mutter. Wenn sie Servietten sammeln will, darf sie das, auch wenn es dem Personal missfällt. Und Obst, das ihr angeboten wird, darf sie auch mit in ihr Zimmer nehmen. Warum also liegt hier nichts? Sie bricht doch nicht einfach mit ihrer Gewohnheit. Das ist alles sehr ungewöhnlich. Ich gehe zum Balkon, dessen Tür ich natürlich wieder aufgerissen habe, weil meine Mutter nachmittags um 14.00 Uhr bei strahlendem Sonnenschein und Temperaturen von 25 Grad Fenster und Türen geschlossen, die Vorhänge zugezogen und die Heizung auf 5 gedreht hat, um im Bett zu ersticken. So kommt es mir jedenfalls manchmal vor. Die Heizung funktioniert bei den Außentemperaturen zum Glück nicht. Trotzdem ist es warm und extrem stickig im Raum.

Vor der Balkontür steht ein kleiner weißer Eimer. In solchen Eimern werden in größeren Mengen Mayonnaisen, Salate oder sonstiges für die Küche geliefert. Das Küchenpersonal schmeißt die Eimer weg, wenn sie leer sind. Meine Mutter sammelt sie ein und lagert ... Obst darin! Da ist es ja! Und alles essbar, also noch nicht überlagert. Allerdings liegen darin auch so etwas ähnliches wie Topfschrubber aus Plastik, mehrere in verschiedenen Farben und abgewickelt als dicke Schläuche. Sie sehen sauber aus. Woher sie das hätte frage ich und bin mir im selben Moment klar, dass diese Frage überflüssig ist, denn das weiß sie natürlich nicht mehr. Sie hat noch einen zweiten Eimer im Zimmer stehen, auf dem Schaufel und Handfeger liegen. Ich lupfe die Schaufel kurz an und sehe, das meine Mutter ein paar trockene Blätter zusammengefegt und sie in den Eimer entsorgt hat. Dann wasche ich das

Obst ab und lege es auf einen Teller auf den Tisch. Das finde ich appetitlicher.

Jetzt wollen wir nach unten zum Kaffeetrinken, vielleicht noch einen kleinen Spaziergang machen und danach im großen Saal den Film „Blondinen bevorzugt" sehen.

Es dauert mal wieder, bis sie sich gekämmt hat. Sie muss auch wieder dringend zum Frisör. So wie es aussieht, war sie schon mindestens zwei Wochen nicht da. Aber wenn sie sich weigert, und das tut sie wohl manchmal, kann das Personal nichts machen. Auf meine Bitte hin wäscht sie sich den Mund, ich habe nämlich Reste des Mittagessens, es kann Tomatensoße gewesen sein, entdeckt. Ihr Mund ist noch rundum damit beschmiert. Sie ist ein wenig erbost über meine Äußerung, wäscht sich dann aber brav. Dann bitte ich sie, sich auch die Zähne zu putzen, da sie das nach dem Essen wahrscheinlich auch nicht getan hat. Sie wird missmutiger und geht ins Bad zurück. Weil ich keine Putzgeräusche höre, gehe ich hinterher. Sie bewegt die Zahnbürste kaum und hat auch keine Zahnpasta drauf. „Wo ist denn die Tube?" frage ich und glaube es kaum. Mundhygiene findet bei ihr wohl nicht mehr statt. Ich drücke ihr Zahnpasta auf die Bürste und stelle die Tube sichtbar aufs Waschbecken. Die elektrische Zahnbürste hat sie offenbar gar nicht mehr in Betrieb.

Bevor wir runter gehen schaue ich noch in ihre Handtasche, die im Körbchen des Rollators ruht. Als ich sie öffne kommen mir ein Schwarm

Fruchtfliegen und ein gammeliger Duft entgegen. Achherrjemine! Da hat sie also auch Obst gelagert! So wie es riecht und aussieht, hat sie es dort schon seit langem vergessen. Und das Personal hatte gar nicht aufgeräumt!

Die Zeit für den Spaziergang geht fürs Klarschiffmachen drauf. Ich entsorge einen schimmeligen Pfirsich, einen angegammelten Apfel und ganz unten eine fast nicht mehr erkennbare, zersetzte Pflaume. Die Reste kratze ich mit einem Löffel aus dem Futteral. Das restliche, noch verwertbare Obst, wasche ich ab und  lege es auf ihren Obstteller. Jetzt sieht er wieder wie gewohnt aus, voll bis zum Rand. Alles andere aus ihrer Tasche, vor allem Personalausweis und Brillenetui, säubere ich. Dann suche ich eine andere Handtasche aus ihrem Schrank heraus, sie hat zum Glück noch eine zweite weiße Tasche. Alte Frauen stehen auf weiße Taschen. Die schmutzige Tasche nehme ich mit und werde versuchen sie zu waschen. Wenn es nicht gelingt, wen schert es? Meine Mutter wird sich nicht daran erinnern zwei gehabt zu haben. Jetzt bleibt nur noch Zeit für einen Kaffee. Ich bitte meine Mutter mir eine Tasse mitzubringen, weil ich zwischendurch den Inhalt des Mülleimers zum Müllcontainer bringen will. Wir sitzen dann auf der Terrasse und trinken Kaffee und bewundern die leuchtenden Früchte der Lampignonpflanze Physalis. Ein Schmetterling, ein Admiral, flattert um uns und die anderen Terrassenbesucher herum und sucht sich ein Plätzchen in der Sonne.

Neuerdings gibt es viele rauchende Bewohner und Besucher. Als die Besucher vom Nachbartisch sich jeder eine Zigarette anzünden, wird mir die Luft zu schlecht. Der seichte Wind weht die Nikotinschwaden direkt zu unseren Plätzen. Manchmal verstehe ich die Gedankenlosigkeit der Leute nicht. Wir stehen also auf und gehen rein. Meine Mutter soll schon mal einen schönen Platz zum Filmgucken suchen während ich die Kaffeebecher weg stelle. Sie hat zwei Plätze hinten an der Wand belegt. Ich hätte lieber am Fenster gesessen, wegen der frischen Luft, aber die Türen und Fenster sind geöffnet und so glaube ich, dass das schon gehen wird. Nach mehreren anfänglichen Abspielschwierigkeiten in ungewollter, englischer Sprache und vielen helfenden Händen, läuft der Film dann doch noch in deutsch. Marilyn Monroe ist sexy und wunderschön, ebenso ihre Schauspielkollegin. Es dauert nicht lange und mir wird die Klischeekiste dann doch zu viel. Außerdem ist die Luft hier drin dermaßen schlecht, dass ich es echt nicht mehr aushalte. Ich gehe austreten und als ich zurückkomme, merke ich noch viel deutlicher, wie erdrückend die Gerüche in dem großen Raum sind. Ich bin eh schon seit drei Stunden da und deshalb verabschiede mich von meiner Mutter. Sie will den Film noch weiter gucken und bedankt sich für mein Kommen.

Im Auto drehe ich erst mal die Fenster runter und lasse den Fahrtwind alle Gerüche, die mir immer noch in der Nase und wahrscheinlich in der Kleidung hängen, heraus wehen.

Dadurch, dass ich wöchentlich im Heim bin, sehe ich viele alte Leute. Einige sind sehr nett, viele sind schweigsam, manchen sieht man sehr deutlich an, dass sie erschöpft sind. Erschöpft vom Leben. Ich bewundere die Pfleger und Pflegerinnen, mit welcher Gelassenheit sie ihre Arbeit tun. Sie sind zu den unansehnlichsten Bewohnern freundlich, haben immer ein Lächeln für sie übrig. Auch wenn diese verwirrt und unfreundlich sind. Ich könnte diesen Job nicht machen.

## Innen wie außen

Letzte Woche war meine Mutter immer noch nicht beim Friseur. Die Haare kleben an ihrem Kopf. Der länger gewachsene Teil steht ab wie eine Klobürste. So wie sie aussieht, ist sie auch drauf: Kratzbürstig. Die Frisur passt zur Stimmung, denke ich und wir arrangieren uns, doch noch einen kleinen Spaziergang zu machen. Als ich sie auf den Friseur anspreche sagt sie mal wieder, dass sie ihre Haare selber wäscht und legt. „Ja, nee, glaube ich nicht. Erzähl mir nicht so einen Blödsinn", sage ich leicht verärgert. Ich kann nicht mehr anders. Sie lügt sich die Welt zurecht, wie es ihr grade passt. Wenn sie das früher nicht schon immer so gemacht hätte, wäre das jetzt gar nicht so schlimm. Aber ich erkenne das Muster. Es ist mir nur allzu vertraut. Ich habe es als Kind oft zu spüren bekommen und auch als ich schon lange erwachsen war, habe ich es immer wieder bemerkt.

Wir machen eine kleine Runde, rund um das Heim. Meine Mutter baut stark ab, schnauft ordentlich beim Gehen, bekommt nicht mehr gut Luft. Große Runden, wie noch vor einem halben Jahr, sind nicht mehr so ohne weiteres möglich, nur noch mit häufigem Stehenbleiben. Es hat sich nichts daran geändert, dass ich diese Art des Spazierengehens nicht gut vertrage. Zu langsam - ich beginne zu eiern, zu schwanken, gehe ab und zu ein paar Schritte zügig, um einen kleinen Ausgleich zu haben.

*Liebe Mama,*

*manchmal muss ich an Pipi Langstrumpf denken. „Ich mach mir die Welt, wie sie mir gefällt", war ihr Motto. Du bist manchmal auch so. Früher habe ich wohl bemerkt, dass Du Deiner Schwester und ihrer Familie gegenüber die Überlegene warst. Ich hörte es an Deiner Stimme und der Art, wie Du gesprochen hast. Die Betonung war deutlich anders, als wenn Du mit den Leuten sprachst, für die Du gearbeitet hast. Dann warst Du eher unterwürfig. Es gibt zwischen Deinem überlegenen Gebaren und der Unterwürfigkeit noch viele Facetten. Als Kind warst Du für mich nicht verlässlich kalkulierbar. Ich war immer sehr aufmerksam, um Deine Stimmung zu erspüren und mich entsprechend zu verhalten.*

*Heute bist Du immer noch so, nur dass Du hilflos geworden bist. Und das versuchst Du häufig mit Aggressivität zu überspielen. Brauchst Du doch aber gar nicht.*

*Deine Bärbel*

## Telefonieren

Sie hat mich angeschrien. Zum erstem Mal hat sie mich am Telefon angeschrien.

Ich rufe an und es klingelt nur einmal, dann ist Totenstille am anderen Ende der Leitung. Ich rufe vorsichtig: „Hallo? Kannst Du mich hören? Hallo?" --- Nichts.

Dann lege ich auf und versuche es erneut. Diesmal klingelt es zweimal und sie ist dran. Bevor ich etwas sagen kann, brüllt sie „Hallo, wer ist da?" - in einem sehr aggressiven Ton. Ich säusele, dass ich es bin und dass sie nicht so schreien soll. „Was soll das immer mit dem Gebimmel!", brüllt sie erneut. Dann erkläre ich ihr, was gewesen sein könnte, nämlich dass es wohl ein technisches Problem gab, weshalb sie mich nicht gleich verstanden hat. „Das kann ja mal sein", sage ich. Sie wird wieder kleinlauter und unser Gespräch ist dann schnell beendet.

## Rempeln und Motzen

Eine Woche später sitzt sie am Freitag bei den anderen im Aufenthaltsraum im Erdgeschoss und rät mit, was die Pflegerin an Rätselfragen vorbereitet hat. Sie sieht mich schon von weitem und winkt deutlich.

Ich will erst mal nach oben auf die Station, ihre Flasche abgeben. Sie soll das natürlich nicht sehen. Deshalb bitte ich sie in den großen Saal, weg von den anderen, und erzähle ihr, dass ich gerne gleich mit ihr Spazierengehen möchte, wenn sie will, dass ich aber nochmal kurz nach oben muss, um auf der Station etwas zu erledigen. Sie nickt und wir stehen auf. Sie will unten warten. Im Ausgangsbereich des großen Raumes steht eine Frau mit ihrem Rollstuhl etwas ungünstig mittig. Ich checke ab, ob meine Mutter mit dem Rollator noch an ihr vorbei passt. Ja, es passt. Ich gehe vor, meine Mutter folgt. Dann höre ich hinter mir Gepöbel, drehe mich um und sehe, wie meine Mutter absichtlich mit ihrem Rollator gegen den Rollstuhl der Frau fährt und sie anpöbelt, dass sie gefälligst nicht in der Mitte stehen bleiben soll. In dem Moment reagiere ich spontan und weise meine Mutter zurecht. Ich sage ihr freundlich aber bestimmt, dass sie nicht so unfreundlich sein soll und die Dame doch bitten kann, etwas zur Seite zu fahren, damit sie besser durchkommt. Widerborstig und bösartig guckend schiebt meine Mutter an der Frau vorbei. Ich sage noch, dass sie da durchaus vorbei gepasst hätte und entschuldige mich bei der Frau. Dann gehe ich zum Fahrstuhl und höre, dass meine Mutter hinter mir herpöbelt, ich solle hier nicht immer rummeckern und rumstänkern usw. usw.

Ich kann mich grade nicht emotional distanzieren und sage ihr, dass ich unter diesen Bedingungen überhaupt keine Lust habe, mit ihr spazieren zugehen. Dann könne ich gerne gehen, antwortet sie beleidigt. Ich lasse sie stehen und fahre mit dem Fahrstuhl nach oben. Dort treffe ich den netten Pfleger, mit dem ich mich immer so gut unterhalten kann. Er fragt mich wie es mir geht und ich antworte ehrlich, dass ich mich grade eben mit meiner Mutter 'angelegt' habe. Und dass ich den Eindruck habe, sie sei, nachdem der Alkoholpegel gesenkt wurde, insgesamt aggressiver geworden. Er meint, es sei mal so und mal so. Aber mit der ursprünglichen Alkoholmenge wäre sie schon ganz schön sturzgefährdet gewesen. Wir haben also alles richtig gemacht.

Ich gehe noch kurz in ihr Zimmer, reiße die Balkontür auf, nehme etwas von dem Obst mit, auch das in eine Serviette eingepackte Wurstbrot und die mit gewölbten Deckeln dastehenden Joghurts sowie die Marmeladen- und Honigbehälterchen. Dann fahre ich mit dem Fahrstuhl wieder hinunter. Die Frau an der Rezeption sagt mir, meine Mutter sei auf die Toilette gegangen. Ihr Rollator steht noch an der Rezeption. Ich sehe meine Mutter auf der Bank im Flur vor dem Toilettenraum sitzen. Sie sieht deprimiert aus. Dazu hat sie ja auch allen Grund, denke ich. Ein bisschen tut sie mir leid. Aber nicht zu sehr. Sie ist meine Mutter und hat eine Menge auf dem Kerbholz. Ihre beginnende Demenz spricht sie nicht frei von aller Schuld. Ich will ihr nichts heimzahlen, sie ist hilflos, aber ich kann auch nicht alles mit Alter und beginnender Demenz entschuldigen. Man muss sich nicht schlecht anderen gegenüber benehmen, nur weil man alt ist.

Sie war schon immer sehr unreflektiert. Daran hätte sie etwas ändern können. Oder nicht? Ist die kindliche und jugendliche Prägung tatsächlich so stark, dass man als Erwachsener nichts mehr ändern kann? Ich weiß es nicht, aber ich glaube es nicht. Ich glaube, dass meine Mutter nicht wollte. Sie hat sich dagegen gesperrt etwas aufzuarbeiten, etwas in und an ihrem Verhalten zu reflektieren. Das ist ihr gutes Recht gewesen. Keiner muss das machen. Ich persönlich finde es hilfreich, aber gezwungen ist niemand dazu. Die Menschen sind ja auch verschieden. Verschiedenere als meine Mutter und mich gibt es wohl gar nicht. Nur sehe ich jetzt bei ihr, dass sie nicht gut klar kommt. Sie kann und will sich nicht damit abfinden, geschweige denn anfreunden, dass sie alt ist, über 83 Jahre. Und dass sie nicht mehr in ihrer Wohnung wohnen kann. Und dass Gleichaltrige um sie herum sind. Und dass die auch alle ihr Leben gelebt und ihr Päckchen zu tragen haben. Und dass man trotzdem freundlich bleiben kann, höflich, und das man niemanden anrempeln und anmotzen sollte.

Ich verstehe meine Mutter nicht. Sie hat es mir doch anders beigebracht und jetzt verhält sie sich völlig kontraproduktiv. Wenn sie glaubt, deswegen schneller sterben zu können, hat sie sich wahrscheinlich getäuscht. Daran misst der liebe Gott nicht, wann er jemanden zu sich nimmt. Anstatt ihre Zeit hier auf dieser Welt so gut und angenehm wie möglich, ohne Groll und bösen Willen zu verbringen, lässt sie alle Schlechtigkeit bei sich zu und macht sich das Leben selbst schwer. Und nicht nur sich, auch ich habe damit zu tun.

## Kurzes Telefonat

Heute rufe ich sie um zwanzig vor sieben an. Ich denke, das dass noch geht, nur 10 Minuten später als sonst. Doch ich bin auch skeptisch. Zu Recht. Als ich anrufe, dauert es erst mal, bis sie etwas von sich gibt. Dann erkennt sich mich nicht. Wer denn da sprechen würde. „Ich bins, deine Tochter", sagte ich mal wieder, „ich weiß schon, dass meine Stimme sich merkwürdig anhört." „Wer ist denn da?", fragt sie. Ich wiederhole: „Deine Tochter, wie heißt denn Deine Tochter?" „Bärbel", antwortet sie, aber meine Stimme würde sich ja so bekloppt und dusselig anhören. Danke und gute Nacht, sage ich und lege auf. Irgendwie hat's mir heute gereicht.

## Wunschtraum

Ich mache ein paar Tage Urlaub an der Nordsee. Mal weg von der Arbeit, dem Stress. Natürlich habe ich meiner Mutter gesagt, dass ich wegfahre. Aber das hat sie bestimmt schon wieder vergessen. Ich werde ihr eine Ansichtskarte von der Insel schicken. Sie wird wieder sagen, keine bekommen zu haben. Ich werde die Karte dann wieder in ihrem Zimmer finden. Es ist immer das Gleiche. Eigentlich nicht schlimm. Viele alte Menschen sind vergesslich. Nur dass sie jetzt so aggressiv wird den anderen Bewohnern gegenüber, den Pflegern teilweise auch, und jetzt auch noch bei mir, das stört mich. Hat sie auch ihren Anstand vergessen? Hat sie vergessen, was sich gehört?

Ich hätte lieber eine alte Mutter, die ist wie zum Beispiel ihre Nachbarin: Nett und freundlich, sich über alles freuend, was an Menschen um sie herum ist, von der Vergangenheit erzählend, um Hilfe bitten könnend und sie bekommen. Ich weiß, jetzt idealisiere ich diese Dame. Sie hat keine Kinder, nur noch eine Schwester, die auch schon hinfällig ist. Zu ihr kommt eine behördliche Betreuerin. Das ist glaube ich etwas völlig anderes, als vom eigenen Kind bevormundet zu sein, wenn man merkt, selbst nichts mehr zu können. Außerdem hat die Dame eine ganz andere Vergangenheit.

## Geburtstag

Heute ist mein Geburtstag. Meine Mutter hat ihn vergessen. Mal wieder. Ich habe nichts anderes erwartet. Die ersten Male war ich noch ein wenig verletzt, denn vorher hatte sie immer an diesen Tag gedacht und mir sogar einmal eine Geburtstagskarte zukommen lassen. Wahrscheinlich hat sie mit Hilfe der 'Grünen Damen' eine Karte mit Briefmarke kaufen lassen und sie verschickt. Doch inzwischen nimmt sie nicht mal mehr die Jahreszeiten wahr.

Eine Bekannte will meine Mutter besuchen. Wir haben uns um halb drei verabredet, um zusammen mit meiner Mutter Kaffee zu trinken. Ich erzähle nichts von dem festlichen Anlass, freue mich aber auf einen gemeinsamen Kaffeeklatsch. Leider hat das Café, das ich ausgesucht habe, geschlossen. Montag – Ruhetag. Daran habe ich gar nicht gedacht. Ich bitte Andrea, die Besucherin, unten im Foyer zu warten, weil ich mir vorstellen kann, dass meine Mutter mal wieder im Bett liegen würde. Das tut sie ja inzwischen immer nach dem Mittagessen. Und ich glaube, dass es meiner Mutter unangenehm gewesen wäre, wenn plötzlich eine 'fremde' Frau in ihrem Zimmer auftauchen und sie zerzaust und nicht richtig angezogen sehen würde.

Es ist wie ich dachte, meine Mutter liegt noch im Bett, ist verwuschelt am Kopf und nicht richtig angezogen. Während ich die Balkontür weit öffne und das herbstliche Blätterdach bewundere, steht meine Mutter auf und zieht sich an. Sie kämmt sich sogar ohne Aufforderung die Haare. Ich warte, denn ich weiß ja, dass sie schnell überfordert ist, wenn viele Dinge auf einmal geschehen, wenn sie dies tun muss und ich dabei jenes anspreche. Das verwirrt sie. Also sage ich erst als sie fertig ist, dass unten Besuch warten würde. Besuch aus Kiel und ich frage, ob sie sich noch an Andrea erinnert. Sie denkt nach und als ich Andreas Mädchennamen nenne, tut sie zumindest so, als sei ihr eingefallen, um wen es sich handelt.

Wir fahren dann hinunter und treffen Andrea gleich in der Nähe des Fahrstuhls. Meine Mutter erkennt sie nicht und ich hoffe, dass Andrea nicht allzu enttäuscht ist. Sie hat vor ein paar Wochen bereits mit mir telefoniert und gesagt, dass sie so oft an meine Mutter, die Rosi, denken würde und sich fragt, wie es ihr wohl ginge. Und dass sie sie unbedingt besuchen möchte. Ich habe sie seelisch darauf vorbereitet nicht zu viel zu erwarten, denn meine Mutter würde deutlich in die Demenz rutschen. Trotzdem tut es weh, wenn man vor einem Menschen steht, zu dem man fast sein ganzes Leben lang eine familiäre Verbindung hatte und dann nicht erkannt wird. Doch Andrea hat ein wunderbares Talent damit umzugehen und sich nichts anmerken zu lassen.

Wir gehen zusammen etwas spazieren, Andrea hat ihren Hund mitgebracht. Danach kehren wir zurück ins Heim und wollen dort Kaffee trinken. Ich bitte meine Mutter in den großen Saal zu gehen und schon einen schönen Tisch mit drei Plätzen zu reservieren. Andrea geht noch zum Auto, um den Hund darin unterzubringen. Ich frage meine Mutter, ob sie auch ein Stück Kuchen haben möchte. Sie antwortet wie so häufig: „Nicht unbedingt." Das kann bedeuten: Ja gerne oder nein danke. „Ok, dann hole ich nur Kaffee", erwidere ich und sie antwortet sofort: „Doch, so ein bisschen was Trockenes. Ein kleines Stück nur." Ich hole drei Becher Kaffee und ein wirklich kleines Stück trockenen Puffer mit Schokostückchen. Als ich den Kuchen auf den Tisch stelle, sagt sie erbost: „Ich wollte doch nichts." „Ich habe dich extra gefragt und du sagtes, dass du ein kleines Stück trockenen Kuchen möchtest", antworte ich. „Ein kleines Stück! Nicht so ein großes!", meckert sie. Es ist immer das Gleiche und wiederholt sich regelmäßig. Das Kuchenstück ist meist nicht gewollt oder zu groß oder zu trocken. Ich sage jedes Mal, dass sie es liegen lassen kann, dass sie es nicht essen braucht. Sie isst es jedes Mal auf.

Wir trinken Kaffee, der heute richtig gut schmeckt, und unterhalten uns. Meine Mutter kann nicht folgen, das merke ich ganz deutlich an ihrem Verhalten. Andrea fragt sie, ob sie noch alles gut hören kann. Wie sie darauf kommt ist mir jedoch ein Rätsel. Wahrscheinlich fragt sie aus Höflichkeit oder es ist ein Test. Ein 83 jähriger Mensch kann in den seltensten Fällen noch gut hören, das müsste sie als gelernte HNO-Arzthelferin doch wissen. Meine Mutter nickt heftig mit dem Kopf. Ja, sie könne noch alles sehr gut hören. Wie dieses Gerüst, ständig die Unwahrheit zu sagen, sich durch ihr Leben zieht, denke ich. Ist das bei allen der Nachkriegsgeneration so? Sie würde sich selbst und den anderen das Leben erleichtern, indem sie einfach zugibt, nicht mehr so gut hören zu können.

Auf vieles, was meine Mutter von Andrea gefragt wird, weiß meine Mutter keine Antwort. „Das weiß ich nicht mehr", sagt sie dann, verzieht das Gesicht und windet sich. Nach zwei Stunden Besuchszeit ist es dann allen genug. Wir bringen meine Mutter noch auf ihr Zimmer, Andrea lobt das Zimmer und das Bad. Meine Mutter bringt uns noch zum Auto und Andrea und ich nehmen den Hund als Vorwand, noch einen kleinen Spaziergang dran hängen zu müssen.

Wir gehen durch einen angrenzenden Wald und tauschen Kindheitserinnerungen aus. Meine Mutter hat in Andreas Familie als Kinder- und Hausmädchen 'Rosi' viele Jahre gearbeitet. Sie hat Andrea praktisch mit groß gezogen. Andrea erzählt, dass sie mit ihren Geschwistern, drei an der Zahl, einst im Rahmen einer Unterhaltung über 'Früher' auch über meine Mutter sprach und sie gesagt hätte: „Rosi war doch auch lieb." Ihre älteste Schwester hätte erwidert: „Nee, Rosi war nicht lieb. Sie war nett zu uns, aber lieb war sie nicht." Das hat mir zu denken gegeben.

So ähnlich habe ich es auch immer empfunden, nur hatte ich als Kind keine Worte dafür.

*Liebe Mama!*

*Ich will bestimmt nicht ungerecht sein, aber das Gespräch mit Andrea hat mich nachdenklich gemacht. Was ist mit 'lieb sein' gemeint gewesen? Ich weiß nur, dass Du es durchaus gut gemeint hast. Nicht immer natürlich, aber grundsätzlich schon. Du bist jedoch nicht liebevoll gewesen, so wie meine Tante beispielsweise. Nein, liebevoll bist Du mir nicht in Erinnerung. Dafür kannst Du aber nichts. Aber warst Du für die anderen Kinder, die Du betreutest, auch schwer kalkulierbar mit Deinen Launen? Ich werde Andrea bei Gelegenheit danach fragen.*

*Ich weiß aber, dass Du Dich selbst nicht besonders magst. In Deiner Familie war der Umgang miteinander ja recht burschikos. Man wurde eher niedergemacht als aufgebaut. Das hinterlässt natürlich Spuren, sogar noch bei mir. Das nennt man auch Generationserbe: Die unbewusste Weitergabe von Traumata und Schuldgefühlen und Verstrickungen an nachfolgende Generationen.*

*Deine Bärbel*

## Kaffee und Musik

Heute Nachmittag fahre ich gleich von der Autobahn aus zu ihr. Ich war auf einem Seminar in Bad Segeberg und erreiche Hamburg etwa zur Kaffeezeit. Als ich ins Zimmer komme, steht sie schon da. Sie ist gerade dabei nach ihrem Mittagsnickerchen aufzustehen. Ihr Kopf sieht aus wie der eines Punks, nur mit grauem Irokesenpürzel. Wie gewohnt begrüße ich sie, während ich trotz der Kälte draußen die Balkontür weit öffne, damit frische Luft in den Raum kommt. Das Wetter ist zwar schön, doch ich habe keine Lust auf einen Spaziergang. Schließlich bin ich mit den anderen Seminarteilnehmern heute morgen schon früh im Dunkeln gewandert. Außerdem finde ich die Winterjacke meiner Mutter wirklich zu dünn und bin schon die ganze Zeit am überlegen, ob ich ihr eine neue kaufen soll. Ich habe zwar auch noch eine grüne Daunenjacke übrig, aber darin würde sie, die inzwischen geschrumpft ist, wahrscheinlich völlig versinken.

Also machen wir uns auf zum Kaffeetrinken im Aufenthaltsraum des Heimes. Es ist ja genau die richtige Zeit. Meine Mutter schlurft umher, geht kurz ins Bad, kämmt sich auch und sucht dann ihre Schuhe. Ich sehe, dass sie offenbar die ältesten Socken der Welt trägt. Sie sind ausgeleiert und der Stoff ist mit Knötchen übersät. Der rechte große Zeh hat das hauchdünne Gewebe bereits durchstochen. Bei den Zehen daneben fehlt nicht viel dazu. Sie ist ganz einsichtig und lässt sich von mir andere Socken aus dem Schrank suchen, natürlich nicht ohne hinter mir zu stehen, alles genau zu beobachten und mich von oben anzupusten. Sie ist ja in der letzten Zeit etwas kurzatmiger geworden und steht oft vor oder neben mir und pustet mich direkt an, was ich sehr unangenehm finde. Ich kann aber auch nicht jedesmal etwas sagen, das empfände ich als unhöflich, aber ich versuche natürlich solchen Situationen aus dem Weg zu gehen.

Als ich in ihrem Schrank nach anderen Socken suche, sehe ich, dass sie die bisherige Ordnung teilweise aufgelöst hat. Wie ich mir schon dachte beschäftigt sie sich wohl häufig damit, ihre Sachen zu 'sortieren'. Was soll sie auch sonst machen? Sie hat ja nichts mehr zu tun. Keine Pflichten mehr und Hobbys auch nicht. Ich finde dann aber schnell die neuen Socken, die ich ihr vor einiger Zeit gekauft habe. Sie zieht sie an und dann machen wir uns auf den Weg nach unten. Die abgetragenen Socken entsorge ich im Mülleimer, der in ihrem Zimmer steht. Vorher will ich noch auf dem Weg zum Fahrstuhl vier der fünf Gläser, die sich auf dem Tisch im Zimmer meiner Mutter stapeln, im Haushaltsraum des Pflegebereichs abgeben. Auf dem Weg dorthin höre ich Hilferufe. Durch eine offen stehende Tür sehe ich, dass in einem Zimmer eine Frau vor ihrem Bett kniet. Daneben sitzt eine Frau im Rollstuhl und versucht ihr auf zu helfen. Ich kann im Vorbeigehen nicht so genau sehen, ob die Kniende sich verletzt hat und sage, dass ich Hilfe holen werde. Ich traue mir nicht zu fachmännische

Handgriffe anzuwenden und bin auch nicht sicher, wie das versicherungstechnisch aussieht, wenn sie sich durch meine Hilfe wirklich verletzen würde. Das ist ja heutzutage leider immer zu bedenken. Die Frau sieht auch nicht gerade leichtgewichtig aus. Weit und breit ist jedoch kein Pfleger zu finden und so stelle ich die Gläser auf einem Tisch ab und eile zurück, um zu sehen, ob ich doch etwas tun kann. Die Rollstuhlfahrerin kann aus ihrer Position heraus natürlich gar nichts ausrichten und ich versuche dann mit einem Griff unter ihre linke Achsel der Dame wieder auf die Beine zu helfen. Sie ist völlig steif und verkrampft und schnauft ganz entsetzlich. Aber sie kommt wieder hoch. In dem Moment kommen zwei Pflegerinnen in den Raum geeilt und übernehmen. Meine Mutter wartet unterdessen vor dem Fahrstuhl. Sie hat schon mitbekommen, dass ich anderswo beschäftigt bin und macht keinen zufriedenen Eindruck. Aber das tut sie in der letzten Zeit sowieso selten.

Endlich fahren wir mit dem Fahrstuhl nach unten und ich bitte meine Mutter wieder einmal uns einen schönen Platz am Fenster im großen Aufenthaltsraum zu suchen. Ich würde dann schon den Kaffee holen. Die Dame, die Kaffee und Kuchen ausgibt, sagt, dass meine Mutter die Woche über öfter mal gar nicht beim Abendbrot war. Ich bin erstaunt, sage, dass es wichtig wäre, das meine Mutter eine Kleinigkeit zu sich nähme. Die Zeit vom Kaffeetrinken am Nachmittag mit zwei Keksen bis zum nächsten Morgen des nächsten Tages wäre zu lang. Sie könnte dann Kreislaufprobleme bekommen und wegen Unterzuckerung umfallen. Ja, antwortet die nette Dame, sie würde dann das nächste Mal oben auf der Station anrufen.

Später, als ich wieder oben bin und das Fehlen beim Abendessen den Pflegerinnen mitteile, wundern die sich darüber, dass niemand angerufen hätte. Im Zimmer sei meine Mutter aber auch nicht gewesen. Wo war sie dann? Und wieso funktioniert das Kommunikationssystem im Heim nicht? Ein erneutes Mysterium, das nach Aufklärung verlangt.

Im Speisesaal, wo die Kaffeeausgabe ist, sehe ich die Nachbarin meiner Mutter, Frau Bertel, alleine an einem Tisch sitzen. Ich begrüße sie ganz herzlich und wir kommen gleich ins Gespräch. Mir fällt auf, dass sie auch immer kleiner wird. Sie ist sehr nett, unaufdringlich und noch sehr klar im Kopf. Ich frage, ob sie Lust hätte mit in den großen Saal zu kommen, da könnten wir dann zu dritt zusammensitzen und etwas klönen. Ich bringe erst den Kaffee zu meiner Mutter, die tatsächlich einen schönen Platz am Fenster mit Blick auf die Herbstbäume ausgesucht hat, und sage ihr, dass ich Frau Bertel holen würde. Zu dritt sitzen wir  zusammen. Unterhalten tue ich mich nur mit Frau Bertel. Meine Mutter sagt kaum ein Wort. Frau Bertel schaut immer mal wieder zu ihr hin, will sie einbeziehen in das Gespräch, wie das damals so war mit den Geschwistern und in der damaligen Zeit. Aber meine Mutter kann offenbar nicht folgen und ihre Gedanken sortieren. Ihre Mimik spricht Bände.

Ich bin auch nicht sicher, ob sie überhaupt akustisch versteht, wovon wir sprechen. Sie behauptet zwar immer, dass sie noch gut hören würde, aber das stimmt nicht. Sie kann auch nicht mehr gut gucken, setzt aber nie eine Brille auf. Überhaupt kann sie auch nicht mehr viel erzählen. Sie kann nur noch situativ reagieren und schimpfen, wenn ihr etwas nicht in den Kram passt.

Frau Bertel sagt, ich sei übersichtlich. Meine Mutter und Frau Bertel einigen sich darauf, dass ich sehr übersichtlich bin. Sie meinen umsichtig, ich korrigiere aber nicht, sondern freue mich über das Kompliment und muss insgeheim ein wenig schmunzeln. Frau Bertel lädt uns dann noch in ihr Zimmer ein. Sie will uns so gerne eine Vase zeigen, die sie sich auf dem Weihnachtsbasar, der vor wenigen Tagen im Aufenthaltsraum stattfand, gekauft hat. Außerdem hat sie den Spruch vergessen, der auf der Schleife des Kranzes stand, den sie zur Beerdigung ihres Mannes am Grab ablegen ließ. Ein Foto würde noch existieren, das will sie uns zeigen. Ich erfahre viel von Frau Bertel. Sie ist offenbar schon sehr lange in diesem Heim, hat dort vorher mit ihrem wesentlich älteren Mann zusammen gelebt. Vor sechs Jahren ist er dann gestorben und sie hat ein Einzelzimmer und eine behördliche Betreuerin bekommen, die sich nur sehr selten blicken lässt. Frau Bertel öffnet eine Schublade und holt ein Foto vom Grab ihres Mannes heraus. Auf der Schleife des abgebildeten Kranzes ist jedoch leider gar keine Schrift zu erkennen ist. Der Blitz hat alles geweißt. Dass man immer noch so schlechte Aufnahmen machen kann, wundert mich im Zeitalter der Digitalfotografie ein bisschen.

Frau Bertel erzählt, dass meine Mutter öfter bei ihr im Zimmer sei und sie zusammen Musik hören würden. Meine Mutter würde gerne tanzen und dies dann immer tun. Ich schaue meine Mutter an. Sie ziert sich als ich nachfrage. Es ist ihr wohl peinlich. Ich sage dann: „Das ist doch schön. Dafür braucht man sich nicht schämen." Frau Bertel schaltet dann die Musik ein. Meine Mutter will sich nicht hinsetzen, ihr wird das alles zu viel. Die Musik ertönt und die Situation ist irgendwie unübersichtlich für meine Mutter. Frau Bertel erzählt gegen die laute Musik an. Meine Mutter sagt: „Ich geh schon mal raus", und ich nicke. Ich verabschiede mich von Frau Bertel, die sagt, dass sie immer sehr alleine wäre und sehr selten Besuch bekäme. Gerne wäre ich auch noch länger bei ihr geblieben, aber ich bin ja wegen meiner Mutter da und die kann diese vielen neuen Eindrücke nicht mehr verarbeiten. Meine Mutter und ich gehen in ihr Zimmer und ich suche erst mal die Augentropfen, die ich ihr vor zwei Wochen gekauft habe. Sie hat immer noch ab und zu juckende Augen. Wahrscheinlich sind sie zu trocken. Sie nimmt aber nie alleine diese Tropfen. Ich gebe ihr welche in ihre entzündeten, blutunterlaufenen, vergilbten Augen.

Dann will ich nach Hause, meine Sachen auspacken und etwas zur Ruhe kommen. Meine Mutter bringt mich noch runter, sogar bis zum Auto. Sie schaut sich immer wieder um, um sich den kurzen Rückweg einzuprägen. Für mich ist dies ein Beweis mehr dafür, dass sie nicht mehr alleine spazieren geht. Ihre Kreise werden kleiner, sehr viel kleiner.

## Ein weiterer Tag mit Spaziergang

Ich bin früh dran. Schon um kurz vor drei klopfe ich an ihre Tür. Ich habe Süßigkeiten dabei, Weihnachtsmandeln, die meine Mutter besonders gerne mag, außerdem Zahnpasta und ein Stück duftende Seife. Sie liebt Seife, die duftet, und steckt sie vermutlich wieder zwischen ihre Wäsche in den Schrank.

Als ich die Tür öffne liegt meine Mutter wie gewohnt noch im Bett. Doch diesmal liegt sie ganz flach und bis über die Ohren zugedeckt. Ich öffne wieder die Balkontür und rede freundlich mit ihr, frage, ob alles in Ordnung sei. Sie sagt: „Was soll man den ganzen Tag hier schon rumhängen." Ich sage: „Naja, den ganzen Tag im Bett liegen ist ja auch keine Alternative, wo das Wetter doch so schön geworden ist." „Mach ich ja auch gar nicht", antwortet sie grantig. Ich schweige, denn ich habe den Eindruck, dass sie streiten will und stelle erst mal die mitgebrachten Blumen in die Vase. Als ich aus dem Bad komme, steht sie schon im Raum, mit halb hoch-

gezogener Hose. „Ich muss mal schnell ins Bad",
sagt sie und ich räume den Weg frei. Sie bleibt
ungewöhnlich lange im Bad und ich nutze die
Zeit um ein wenig aufzuräumen. Ich schmeiße
die fast geschmolzenen Butterportionspäckchen
weg, sammle einige arg benutzte Servietten ein
und lasse meinen Blick schweifen. Dann sehe ich
die Socken, die ich letzte Woche in den Mülleimer tat, weil sie an den Zehen komplett durchgescheuert sind und Löcher haben. Hat meine
Mutter sie doch tatsächlich wieder aus dem Mülleimer heraus geholt! Unfassbar. Ich nehme die
Socken und weiß erst nicht wohin damit. Zurück
in den Mülleimer? Das ist wahrscheinlich zwecklos. Deshalb stecke ich sie schnell in meine
Handtasche, um sie zu Hause endgültig zu entsorgen.

Endlich kommt meine Mutter aus dem Bad. Sie
hat sich sogar gekämmt. Ich sage ihr freundlich,
dass sie ja auch mal wieder zum Friseur müsste.
Sie antwortet ganz friedlich: „Ja, zum Waschen
und Legen. Ich werde morgen oder übermorgen
mal losgehen." Ich mache darauf aufmerksam,
dass heute Freitag und morgen und übermorgen
Wochenende ist und sie erst nächste Woche wieder gehen kann. Dann zeige ich dir die mitgebrachte, leuchtend grüne Daunenjacke von mir
und frage, ob sie sie gebrauchen könne und mal
anprobieren will. Ja, sie will und ihre Laune ist
auf einmal viel besser. Ich hatte ja gedacht, dass
die Jacke zu groß und wuchtig für meine Mutter
wäre. Schließlich ist sie erheblich geschrumpft
und vorher war sie auch nur knapp einenmeter-

sechzig groß. Dünner geworden ist sie auch und in den Schultern ganz schön zusammengesackt. Trotzdem ist die Jacke sehr eng. Bin ich denn so dünn? Ich bin fast 1,80 groß und schlank, aber so einen großen Unterschied sehe ich nicht im Körperumfang zwischen ihr und mir. Und doch. Die Kleidung ist ein Beweis. Im Fahrstuhl habe ich ein Plakat gesehen, dass in 14 Tagen das BoutiqueMobil ankündigt. Dann ist im Aufenthaltsraum wieder eine Modenschau zu sehen und danach kann man einkaufen. Vielleicht haben die ja auch eine schöne, passende Winterjacke für meine Mutter. Ich sage ihr das und dass wir wieder dabei sein wollen.

Wir fahren hinunter und trinken Kaffee im Aufenthaltsraum. Ich lese ihr ein wenig aus der aktuellen Tageszeitung vor. Ich bin nie sicher, ob sie akustisch und inhaltlich versteht was ich sage. Aber das ist wohl auch nicht wichtig. Ich lese nur die kurzen Artikel mit einigermaßen guten Nachrichten vor. Dann wollen wir spazieren gehen, die Sonne scheint noch und meine Mutter bekommt mal wieder schlecht Luft. Deshalb ist Bewegung an der frischen Luft bestimmt gut, denke ich. Die Daunenjacke kommt gleich zum Einsatz und wir gehen einmal auf dem Gelände des Seniorenheimes die Runde. Auf dem Weg nach draußen grüßt mich nur Frau Bertel. Niemand, außer den Angestellten, grüßt meine Mutter. Sie hat anscheinend überhaupt keine Kontakte. „Wattn Wunder auch, wenn sie immer grantig zu den anderen ist", denke ich. Dann schleichen wir noch ein ganzes Stück die Straße hinauf. Meine Mutter bleibt zwischendurch stehen, würgt und spuckt. „Die Kekse?" frage ich. „Nein", antwortet sie. „Der Kaffee", behaupte ich. Sie stimmt ein. Sie kriegt schlecht Luft und hat es mal wieder mit dem Magen. Das ist bei ihrer chronischen Magenschleimhautentzündung kein Wunder und Besserung ist auch nicht zu erwarten. Es geht ihr nicht gut. Sie schiebt trotzdem tapfer ihren Rollator. „Was für eine Energie sie immer noch aufbringt", denke ich und bewundere sie auch ein wenig dafür. Durchhalten, Zähne zusammen beißen, weitermachen. Das ist ihre Devise. So hat sie es wohl gelernt. Ich bringe sie noch zurück und verabschiede mich dann. Ich habe keine Kraft mehr für weitere aufmunternde Worte und Gespräche mit anderen Heimbewohnern. Ich möchte nach Hause und mich ausruhen. Weil es kalt ist und meine Mutter keine warme Jacke mehr an hat, verabschiedet sie mich heute von der Eingangstür aus.

## Besuch auf dem Weihnachtsmarkt

Morgen ist der 1. Advent. Gestern haben die ersten Weihnachtsmärkte eröffnet. Ich würde gerne mal wieder etwas anderes machen, als mit meiner Mutter im Heim zu sitzen und nach guten oder nicht ganz so schlechten, vor allem für sie verständlichen Nachrichten in der Tageszeitung zu suchen oder ums Haus spazieren zu gehen. Vielleicht ist sie ja heute in der Lage zum Einkaufszentrum mitzukommen. Dort gibt es einen überschaubaren Weihnachtsmarkt, dessen Ankündigung wesentlich verheißungsvoller klingt, als er in Wirklichkeit ist. Tatsächlich sind es nur drei Buden, die etwas anderes als Essen und Trinken verkaufen. Ziemlich mager, aber für den am Stadtrand liegenden Stadtteil immerhin etwas. 'Ne Wurst geht immer und Glühwein auch.

Im Heim wird heute Klavier gespielt. Diesmal ist es nicht Frau Nachtigall, sondern eine andere Frau, die in einem leuchtend blauen Kleid und schwarzen, glitzernden Schuhen am Flügel sitzt, gut aussieht und wirklich schön spielt. Sehr stilvoll. Meine Mutter ist jedoch nicht im Zuschauerraum und ihre Zimmernachbarin sagt, sie hätte sie auch noch nicht gesehen. Ich fahre nach oben, es ist ja schon fast halb vier, ich hatte noch keinen Kaffee und hier ist die Kaffeezeit eh schon vorbei, mal ganz davon abgesehen, dass er hier nicht besonders gut schmeckt. Meine Mutter liegt im Bett. Aber sie ist einigermaßen gut drauf. Sie war beim Friseur und sieht daher ganz manierlich aus. Ich frage sie, ob sie mitkommen möchte zum Weihnachtsmarkt. Sie bejaht und geht nochmal ins Bad. Derweil scanne ich wieder alles ab und entsorge einige ziemlich stark benutze Servietten. Immer das gleiche Spiel. Die Blumen letzter Woche, Alpenveilchen, blühen tatsächlich immer noch. Sie sehen fast künstlich aus. Ich frage meine Mutter dann, ob sie eine Windelhose anhat und ich möchte eine Ersatzhose mitnehmen. Sie ist sich nicht sicher, tastet und verneint. Ich bitte sie, sich eine anzuziehen. Sie atmet lautstark, denn sie hat ja gerade erst ihre Hose angezogen und behauptet daraufhin, sie würde unterwegs nicht müssen. „Doch, das kann passieren", argumentiere ich, „und dann ist eine Toilette weit weg. Dann geht etwas daneben und läuft dir die Beine runter. Das wäre doch nicht schön und damit das nicht passieren kann haben wir ja schließlich diese Windelhosen gekauft." Sie pustet und schnauft und zieht sichtlich unwillig und für sie wohl auch anstrengend die gerade angezogene Hose wieder aus. Aber sie mosert nicht. „Gutes Zeichen", denke ich. „Sie ist gut drauf."

Dann bemerkt sie, dass sie doch eine Windelhose an hat und ich sage freundlich, dass dann ja alles gut ist und sie die andere Hose wieder anziehen kann. Sie tut es schwer atmend. Ich schaue noch ihre Handtasche durch und finde wieder jede Menge Obst. Ich erkläre ihr, dass es dort nicht bleiben kann. Es würde schimmeln, wie letztens schon einmal und dann müsste ich diese Tasche auch entsorgen, weil das nicht mehr raus geht. Deshalb packe ich mir auch circa ein Drittel des Obstes, das bereits den halben Tisch füllt, für zu Hause ein. Sie hat nichts dagegen. Sie ist heute wirklich gut drauf. Sie fragt mich, welche Jacke sie denn anziehen soll. Ich sage ihr, dass sie die Daunenjacke anziehen soll, die ich letztens mitgebracht habe. Sie fragt: „Welche Daunenjacke?", und hebt die Jacke von der Garderobe. „Die Rote?" Ich sage: „Nein, die Grüne", und stopfe dabei noch einige Servietten in den Mülleimer. „Welche, die Rote?" fragt sie wieder und meint die Grüne. Ich schaue sie verwundert an und frage: „Welche Farbe hat die Jacke, die du hoch hältst?" Dann bemerkt sie ihren Fehler. Farbenblind ist sie nämlich eigentlich nicht.

Oben auf der Station sage ich beim Personal Bescheid, dass wir zum Weihnachtsmarkt fahren. Es sind ein ganz junger Pfleger und der Franzose da. Ich sage, dass wir einen Glühwein trinken gehen wollen. Er schaut mich an und grinst. Ich grinse auch. Als wir unten sind, ist das Konzert schon vorbei, aber noch jede Menge los im Foyer. Es sind noch nicht wieder alle Bewohner auf ihren Zimmern oder Stationen. Eine sehr nette Pflegerin einer anderen Station nimmt mich noch kurz beiseite und fragt, ob ich bei meiner Mutter eine kleine, rote Kunstkerze gefunden hätte. Auf dem Adventskranz am Tresen würde eine batteriebetriebene Kerze fehlen. Ich verneine, denn ich hatte ja gerade auf der Suche nach Obst alles durchgesehen und gebe das auch so kund.

Später wird mir dann klar, dass meine Mutter offenbar unter Generalverdacht steht. Ich fühle leichte Wut aufkommen. Die Vermutungen der Pfleger sind wahrscheinlich angebracht, denn meine Mutter hat kriminelle Energie und verliert nach und nach immer mehr ihr Unrechtsbewusstsein, aber es gibt bestimmt auch andere Damen und Herren Bewohner, die ähnlich „tüddelig" sind. Ich beschließe es gelassen zu sehen. Vielleicht finde ich die Kerze ja wirklich irgendwann in einer Schublade. Schlau wäre es natürlich, wenn das Heimpersonal von vornherein den doppelten Satz kaufen würde, denn es kommt ja immer mal wieder was weg.

Auf dem Weihnachtsmarkt läuft alles ganz gut. „So ein schöner großer Markt", sagt meine Mutter. Wir schleichen in Mäuseschrittchen einmal um den Platz und gucken uns hier und da etwas an den Ständen an. Sie möchte nichts essen. Dann gehen wir wieder ins Einkaufszentrum, wo es wesentlich wärmer und gemütlicher ist, und suchen uns im Eiscafé einen Platz zum Kaffeetrinken. Meine Mutter sucht sich ein Stück Apfeltorte aus und ich bestelle noch Kaffee dazu. Auch das Einkaufszentrum ist weihnachtlich geschmückt und überall glitzert und funkelt es. Im unteren Stockwerk läuft ein Weihnachtsmann oder Nikolaus herum. Der Kaffee und der Kuchen werden serviert und meine Mutter mosert endlich. Ich hatte insgeheim schon drauf gewartet. „So dicke Apfelstücke!" Ich antworte, dass sie sich diesen Kuchen doch ausgesucht hätte. Ja, aber das hätte sie ja nicht gesehen. Ich sage dann, dass sie nicht meckern soll. Es sei doch schön, dass wir hier Kaffeetrinken können, alles ist weihnachtlich geschmückt, sie solle die dicken Apfelstücke einfach an die Seite legen und den Rest drumrum essen. Sie verstummt daraufhin und schiebt zwei Apfelstückchen an den Rand des Tellers. Dann ist wieder alles friedlich.

Auf dem Rückweg zum Auto werden wir von drei Engeln verfolgt. Es sind drei junge Mädchen in weißen Engelskostümen mit Flügeln, die mit einem gleichfarbigen Schlitten auf Rädern, in dem sich ein schwarzer Lautsprecherkasten befindet, durch das Einkaufszentrum ziehen. Sie singen englische Weihnachtslieder. Ich finde das irgendwie verstörend. Haben wir kein deutsches Liedgut zum Fest? Müssen wir immer international sein, auch zu Weihnachten? Mich spricht das nicht an und meine Mutter versteht kein Wort.

Wir fahren zurück und ich bringe meine Mutter wie gewohnt, weil sie wieder etwas orientierungslos ist, auf ihr Zimmer. Ihre Erinnerung setzt ein und sie bringt mich wieder zum Ausgang.

## Modenschau

Heute ist der Bus von BoutiqueMobil da. Ich will für meine Mutter gerne eine passende Winterjacke kaufen, denn die Jacke von mir ist ja etwas zu eng. Ich fahre also rechtzeitig von zu Hause los, denn die Modenschau beginnt um 15.00 Uhr und ich weiß ja, dass meine Mutter sich immer hinlegt. Wer weiß wie langsam sie heute hoch kommt.

Ich schaue kurz ins Foyer und um die Ecke in den Gemeinschaftsraum, in dem alles stattfinden wird. Meine Mutter kann ich nicht entdecken. Deshalb fahre ich hoch in den 4. Stock, nicht ohne den Spruch des Tages auf dem Kalender im Eingangsbereich gelesen zu haben. Oben angekommen ist meine Mutter wider Erwarten nicht da. Das Bett ist aufgeschlagen. Ich klopfe an die Badezimmertür, dann öffne ich sie. Das Licht brennt, aber im Bad ist niemand. Mir fällt gleich auf, dass es heute nicht so unangenehm in ihrem Zimmer riecht. Hat es etwas damit zu tun, dass sie nicht da ist? Egal. Der Obstteller ist auch weg und die Serviettenberge sind es ebenfalls. Ob das Personal aufgeräumt hat? Mir bleibt keine Zeit um nachzuforschen, denn ich muss meine Mutter suchen gehen. Ich fahre wieder hinunter und finde sie tatsächlich - im Speiseraum. Sie steht zwischen zwei hintereinander stehenden Tischen und dreht sich immer von links nach rechts. An dem vorderen Tisch sitzt Frau Wolle. Ich erkenne sie von hinten und begrüße sie. Sie sagt gleich, dass meine Mutter nicht weiß, wo sie sitzen soll. Aber man könne ja nachmittags sitzen wo man will und sie selbst würde jetzt hier sitzen bleiben.

Ich verstehe erst gar nicht worum es geht. An dem Platz, an dem meine Mutter wohl schon saß, stehen eine Tasse Kaffee und ein Teller mit einem Stück Kuchen. Ich frage meine Mutter was los ist. Ich vermute, dass sie nicht mit Frau Wolle am Tisch sitzen will. Warum auch immer. Doch dem scheint nicht so zu sein. Dann wird klar, dass das Schild mit dem Namen meiner Mutter an dem Platz steht, auf dem Frau Wolle sitzt. Das irritiert meine Mutter offenbar so sehr, dass sie nicht mehr weiß, was sie machen soll. Frau Wolle weiß auch nicht was sie machen soll. Spontan nehme ich einfach das Schild mit dem Namen meiner Mutter und setze es an den Platz mit dem Kaffeegedeck. - Jetzt ist alles gut. Meine Mutter setzt sich und beginnt Kaffee zu trinken und Kuchen zu essen. Sie bietet mir etwas von ihrem Kuchen an und fragt, ob ich auch etwas möchte, oder Kaffee vielleicht. Da ich aber grade erst heiße Suppe gegessen habe, lehne ich dankend ab. Ich bin noch zu satt und möchte erst mal nichts.

Frau Wolle erzählt von ihrem Pullover, von ihren Töchtern, die sie nie besuchen kommen, von dem wenigen Taschengeld, dass sie hat, von dem Taxi, dass ihr zu teuer ist usw. Frau Bertel, die Nachbarin meiner Mutter, kommt von hinten angerollt, sehr langsam, mit ihrem Rollstuhl. Gleich geht die Modenschau los. Es ist 15.00

Uhr. Ich frage Frau Bertel, ob sie mitkommen will und schiebe sie in den großen Raum, gefolgt von meiner Mutter, die mal wieder extrem stark ausatmet. Wir suchen uns gute Plätze und warten. Frau Wolle kommt auch hinterher und noch der eine oder andere wird herein geschoben. Frau Wolle und Frau Bertel wollen beide nur gucken. Auf keinen Fall wollen sie etwas kaufen. Als ich erzähle, dass ich für meine Mutter wenigstens Socken haben möchte, fällt Frau Becker ein, dass sie auch Socken braucht. Aber sie hätte nur 15,-€ bekommen. „Dafür kriegt man aber Socken", sage ich.

Dann, nach 20(!) Minuten Wartezeit, geht es endlich los. Der nicht mehr so ganz junge Mann von BoutiqueMobil geht in die Mitte und stellt sich vor. Mal wieder, denke ich, für die, die neu sind und für die, die ihn vergessen haben. Er erklärt noch einmal ausführlich und nicht ohne Talent, was hier jetzt angeboten wird. Die Modelle seien nervös und er bittet darum, ihnen ordentlich zu applaudieren. Das wird auch getan.

Modell Nr. 1 kommt in die Mitte und zeigt ihr Ensemble. Der BoutiqueMobil-Mann, erläutert sehr ausführlich, was sie von Kopf bis Fuß trägt. Sie hat eine Mütze auf und einen farblich passenden Schal um den Hals, den man einfach nur mit einer Schlaufe schließen kann. Er bittet den nicht zu engen, aber auch nicht zu weiten Ausschnitt des Pullovers zu beachten, nicht zu weit deshalb, damit nachher die Männer nicht nervös werden. Kleiner Scherz am Rande, den er sehr trocken und ernsthaft rüberbringt. Die Anwesenden lachen verhalten.

Respekt, denke ich, das macht er gut, aber ich habe trotzdem das Gefühl, hier irgendwie in einer anderen Welt zu sein. Vor allem als das nächste Modell die ebenerdige Bühne betritt. Es ist der nette Herr aus Neumünster, der früher mal im Chor gesungen hat. Es ist soweit ich weiß schon über 90. Er schiebt seinen Rollator lässig elegant in die Mitte der Aktionsfläche und zeigt ein quergestreiftes Oberteil mit Knopfleiste, in den gedeckten Farben Beige, Hellgrau und Dunkelgrau, dazu trägt er eine farblich passende Fleeceweste. „Falls mir kühl wird, wenn ich spazieren gehe", sagt er. Ich finde die Farben stehen ihm und das könnten auch seine Sachen sein. Als er sich dreht zupft er an seiner Hose und macht deutlich, dass dies jedoch seine eigene wäre. Er grinst humorvoll und alle klatschen brav. Frau Bertel findet den Schal des vorherigen Modells sehr schön. Sie wollte sowieso immer schon mal so einen haben, den man einfach durchziehen kann, erklärt sie mir. Aber sie wisse ja nicht, was er kostet und sie hätte ja nur 15,- Euro. Ich sage: „Erst mal abwarten, wir fragen hinterher mal nach dem Preis." Das Dritte Modell, eine zierliche Dame mit Rollator, wird auch wohlwollend begrüßt. Sie zeigt einen besonders festlichen Pullover mit Glitzersteinchen am Ausschnitt und den Ärmeln. Auch sie wird gebührlich beklatscht.

Eine Modenschau in der Welt der Alten und Lahmen mit einer Ernsthaftigkeit und nettem Humor, ganz anders als bei GNTM. „Wie halten das die Pflegekräfte hier nur aus?" frage ich mich zwischendurch. Für mich ist das ab und zu amüsant und ich bin auch gerne bereit mich zu unterhalten und einzubringen. Aber immer wieder? Das könnte ich nicht.

Eine Winterjacke hat das BoutiqueMobil leider nicht im Angebot. Ich überlege bereits, wo ich denn mal gucken könnte, um für den bevorstehenden Winter etwas zu finden. Nach der Show schiebe ich Frau Bertel zum Tisch mit den Socken und Schals. Meine Mutter kommt ohne Rollator hinterher. Frau Bertel greift gleich nach dem leuchtend roten Schal. „Der passt zu meiner Jacke", sagt sie. Meine Mutter will den Eierschalenfarbenen. Frau Becker überlegt es sich anders. Sie will den Eierschalenfarbenen, der passt zu allem. Nicht nur um Streit zu vermeiden sage ich ihr, dass der rote Schal wie für sie gemacht sei und ihr gut zu Gesicht stehen würde. Das finde ich wirklich! Die Farbe hebt. Frau Bertel entscheidet sich doch wieder für den Roten. Meine Mutter guckt und ich suche einen anderen beigefarbenen Schal heraus, der nicht so blass und fast babygelb ist. Sie wickelt ihn um den Hals und lässt ihn gleich an. Dann suche ich Socken heraus. Für beide. Frau Bertel fehlt ein Euro um Schal und Socken bezahlen zu können. Ich schenke ihr den einen Euro. Sie bedankt sich. „Die Sachen müssen noch gepitscht werden", meint Frau Bertel. Sie hat recht. Sie müssen noch „gebadged", also gekennzeichnet werden. Da sie anscheinend glaubt, dass meine Mutter und ich nun hoch fahren würden, will sie ihre Sachen meiner Mutter mitgeben. Meine Mutter wehrt sie jedoch ständig mit ihrem Arm ab. Ich begreife erst nicht, was los ist. „Selbstverständlich nehmen wir die Sachen mit hoch", sage ich und packe die Socken und den Schal ein. Meine Mutter ist grätzig und abwehrend. Ich verstehe das nicht. Frau Bertel ist sehr geduldig mit ihr.

Oben angekommen gebe ich die Sachen einem Pfleger. Meine Mutter pustet. Ich frage sie, ob alles in Ordnung sei. Sie antwortet, dass sie schlecht Luft bekommt. „Dann musst du dich nächste Woche, wenn die Ärztin da ist, wohl mal abhorchen lassen", sage ich. Sie macht ein widerwilliges Gesicht. In ihrem Zimmer packen wir die Pullover aus, die ich gewaschen habe. Sie räumt alles professionell in ihren Schrank. Dann will sie offenbar, dass ich gehe. Mir ist es recht. Ich will sowieso nach Hause. Unser Hund ist krank und ich weiß nicht wie es ihm geht und mache mir Sorgen. Aber das sage ich meiner Mutter nicht. Sie hätte es eh nach ein paar Minuten wieder vergessen. Sie bringt mich noch runter, aber nicht mit raus. Es ist zu kalt heute. Ich verabschiede mich und wünsche ihr noch einen guten Abend. Sie verschwindet schnell im Inneren und winkt nicht mehr hinterher.

*Liebe Mama,*

*es ist sehr lange her, da hast Du einmal probiert mit mir zu reden. Das Gespräch dauerte nicht lange und ging nach hinten los. Ich war bei Dir zu Hause zu Besuch, das weiß ich noch. Ich war jung und unabhängig und machte mir schon immer mal wieder Gedanken über mich und wie das so war, als ich klein war. Du fingst an Dich für Deine Schläge zu rechtfertigen, sie klein zu reden und als gar nicht schlimm darzustellen.*

*Ich weiß, dass Du damals in einer unschönen Situation warst. Verwitwet mit einem kleinen Kind, die 60er Jahre mit ihren Umwälzungen und das gesellschaftliche Diktat, Anstand, Moral und ein ja nicht Abweichen und Auffallen dürfen, waren sicher keine leichte Zeit für Dich. Aber Du hättest mich nicht so behandeln brauchen. Ich war doch brav! Ich habe mich immer bemüht, alles richtig zu machen. Wenn es schief ging, wusste ich es nicht besser und Du hättest mir ja sagen können, wie es geht. Stattdessen ließt Du Deine schlechte Laune an mir aus. Ich habe das wohl gemerkt. Und das hat nicht dazu beigetragen, dass ich bei Dir entspannt war. Ich habe immer aufgepasst, weil Deine Launen unkalkulierbar waren.*

*Und weil Du bei unserem Gespräch nicht die geringste Reue zeigtest, wurde ich innerlich sehr*

*traurig, wütend und zornig zugleich und bat dar-*
*um, dass wir nie wieder über dieses Thema reden*
*sollten. Ich befürchtete, dass es dann einen Bruch*
*geben würde, den keiner hätte wollen. Wir haben*
*dieses Thema nie wieder angesprochen. Und ich*
*bin überzeugt davon, dass sich bei Dir diesbezüg-*
*lich nichts geändert hat. Du bist inzwischen emoti-*
*onal verhärtet. Schade, schade für Dich.*

*Deine Bärbel*

## Noch ein Spaziergang

Sie wird immer kleiner und immer schmaler. Sogar die Füße schrumpfen. Sie wird auch immer leerer, hat keine Worte mehr. Nur noch Phrasen, tief verinnerlichte Worthülsen, eingebrannt wie Rillen auf einer Schallplatte. Sie sind ein Gerüst, an dem sie sich entlang hangelt, wenn sie in einem lichten Moment eine Unterhaltung anstrebt oder eine Antwort geben will. Je seltener sie spricht, desto mehr verlernt sie es. Nur die Redensarten sind noch präsent. „Naja, es muss ja." „Och, was soll man auch schon großartig ..." „Der ist ja dösig." „Dumm quatschen und labern." Ihre Ausdrucksweise wird nicht gewählter, eher das Gegenteil. Fluchen verlernt man wohl nie.

Ich habe ihr den neuen Mantel mitgebracht, den ich für sehr kalte Wintertage gekauft habe. Er ist hübsch, sehr hell, das mögen ältere Damen ja. Sie mögen auch weiße Handtaschen und weiße Schuhe. „Eigenartig", denke ich, „dass das so durchgängig ist." Aber schon in dem Moment, als ich den Mantel auspacke und meine Mutter noch etwas verschlafen vom Mittagsnickerchen neben mir steht, wird mir klar, dass er nicht passen wird. Sie ist so klein geworden! Er gefällt ihr, das sehe ich an ihrem Blick. Sie zieht ihn über und sagt: „Ja." Dann guckt sie mich an und sieht meinen zweifelnden Blick und sagt: „Nein." Sie steht unsicher vor mir. Der Mantel ist viel zu lang. Die Oberweite braucht sie, aber die Länge ist unpassend. Sie versinkt regelrecht darin. Die Manteltaschen sitzen so tief, dass sie sie nur mit den Fingerspitzen erreichen kann. Ich packe das gute Stück wieder ein und werde versuchen eine länger geschnittene, warme Jacke zu finden.

Wir wollen noch spazieren gehen. Es ist zwar trüb und bedeckt, aber immerhin noch hell. Es wird sehr früh dunkel um diese Jahreszeit, deshalb wollen wir nicht lange warten. Meine Mutter muss nochmal zur Toilette und ich nutze diese Zeit um nach Obst zu fahnden. Der Teller auf dem Tisch ist weg. Dafür liegt das Obst jetzt auf der Tischdecke. „Komisch", denke ich, „wieso ist da jetzt gar kein Teller mehr? Der andere grüne Teller, der ihr gehört, ist schon vor längerer Zeit verschwunden." In ihrer Handtasche entdecke ich wieder Obst. Die Tasche ist bis zum Rand damit gefüllt. Schnell schnappe ich mir eine Mülltüte und packe es hinein. Dann sage ich, dass ich gleich wiederkomme und bringe das Obst in die kleine Küche auf der Station. Die Pflegerin will ein Problem daraus machen, dass meine Mutter immer Obst sammelt. Ich sage nur, dass sie ein Flüchtlingskind ist und hungern musste. Deshalb würde sie Essen horten. Damit ist dieses Thema zum Glück beendet. Die Pflegekraft lächelt und deutet Verständnis an.

Eigentlich muss ich ihr das doch nicht erklären. Sie ist doch die Fachfrau für alte Menschen. Aber Egal. Ich frage nach dem grünen Teller. Sie weiß erwartungsgemäß nichts davon, gibt mir aber einen anderen Teller mit. Sie fragt mich nebenbei, ob ich zufällig eine kleine rote, künstliche Kerze bei meiner Mutter gefunden hätte. Sie würde auf dem Adventskranz fehlen. Ich frage sie, ob meine Mutter jetzt unter Generalverdacht stehen würde, man hätte mich letzte Woche schon danach gefragt. „Ich habe nichts gefunden, auch diese Woche nicht", antworte ich. „Nein, nein, kein Generalverdacht! Um Gottes Willen!", antwortet die Pflegekraft. Frau Bertel würde so etwas auch tun. Na, die sind ja lustig, denke ich. Das geschulte Fachpersonal! Denen ist offenbar nicht bewusst, dass viele alte Leute einfach etwas nehmen und einstecken. Das meinen die gar nicht böse. Sie wollen es auch nicht stehlen. Sie finden es schön und sind sich keiner Schuld bewusst. Dann haben sie es fünf Minuten später schon wieder vergessen. „Vielleicht sollte ich mal einen Vortrag darüber halten", denke ich sarkastisch, sage aber nichts.

Wir kommen endlich los. Beinahe hätte meine Mutter den Rollator vergessen. Ich hole den Hund aus dem Auto und wir gehen im Garten des Seniorenheimes spazieren. Meine Mutter ist extrem langsam geworden und pustet stark ihre Atemluft heraus. Ich frage sie, ob alles in Ordnung ist. Sie sagt, dass sie nicht so gut Luft bekommt. Ich merke dass sie einatmet, dann die Luft anhält um sie danach hinaus zu pusten. Dieses Luftanhalten macht sie schon lange. Ich erinnere sie nochmal daran, dass sie regelmäßig atmen soll und möglichst durch die Nase. Das würde nicht gehen, sagt sie und versucht irgendeine „Verstopfungsbegründung" zu finden. Ich sage, dass sie dann ja auch nicht durch die Nase einatmen könne, wenn sie zu sei. Sie solle es doch mal probieren. Es funktioniert auch, aber die Luft beim Atmen anzuhalten hat sie sich schon so angewöhnt, dass sie es nicht mehr kontrollieren kann. „Hoffentlich pustet sie nicht immer in meine Richtung", denke ich, denn sie neigt ja nicht dazu sich regelmäßig die Zähne zu putzen. Ich beobachte mich dabei, wie ich mich unnatürlich bewege und immer wieder Gründe suche um mich von ihr weg zu drehen. Zum Glück habe ich den Hund dabei. Weil er überall schnüffeln will, muss ich ständig stehen bleiben und meine Mutter rückt immer wieder langsam auf. Sonst wäre ich schon lange umgekippt. So langsam, wie sie inzwischen geworden ist, kann man das eigentlich nicht mehr spazieren gehen nennen.

Weil ich nachher noch Besuch erwarte verabschiede, ich mich gleich nach dem Spaziergang. Es ist eh schon dunkel und bei meiner Mutter gibt es bald Abendbrot. Sie bringt mich wieder zur Tür und winkt mir hinterher.

## Weihnachtsfeier

Heute ist Dienstag und es findet in dem Pflegebereich, in dem meine Mutter untergebracht ist, eine Weihnachtsfeier statt. Eigentlich passt es mir nicht, ich muss mir wieder den Nachmittag frei nehmen. Aber ich entschließe mich dann doch hin zu gehen. Wer weiß, wie lange das noch möglich ist. „Eine Stunde kann ich entbehren", denke ich. Daraus werden natürlich mehr. Ich nehme ein paar Blätter mit Anekdoten und kleinen Weihnachtsgeschichten mit ins Heim, weil ich glaube, dass sich eventuell eine Gelegenheit ergeben könnte sie der Allgemeinheit vorzulesen, notfalls auch nur meiner Mutter.

Als ich ankomme, so um zwanzig vor drei, liegt sie wie erwartet noch im Bett. Der Festraum auf der Station ist schon fast fertig vorbereitet. Geschäftiges Treiben herrscht dort, alles wird hübsch dekoriert und ein Wagen mit Kuchen, Torten und Kaffee und Tee steht schon bereit, das kann ich vom Flur aus sehen. Ich gehe ins

Zimmer, drehe die Heizung von 5 auf 1 und reiße die Balkontür auf. Meine Mutter sieht wieder aus wie Zausel. Die Haare kleben schon am Kopf. Sie war drei Wochen nicht beim Friseur gewesen, das sieht man deutlich. Ich bleibe freundlich, obwohl es mich wirklich nervt, und sage, dass sie vor Weihnachten aber noch mal zum Friseur müsse. „Ja, natürlich", antwortet sie und streicht sich dabei über den Kopf, befühlt ihr Haar. Na hoffentlich wird das was, denke ich. „So möchte ich dich Weihnachten nicht am Tisch sitzen haben", sage ich. „Nein, ich geh, ich geh", sagt sie und streicht sich erneut über ihren buschigen, verklebten Haarschopf. „Die Weihnachtsfeier fängt um drei an, zieh Dir mal 'ne Hose an." „Ich muss nochmal", sagt sie. Dann schlurft sie ins Bad. Wie immer nutzte ich diese Zeit für eine Inspektion. Ein Blick in ihre Handtasche zeigt mir, dass sie mit ihrer Angewohnheit Obst, Butter und Marmeladen/Honigtöpfchen vom Frühstückstisch mitzunehmen, nicht gebrochen hat. Ich hole alles raus. Diesmal halten sich die Mengen in Grenzen, aber ich bin ja auch erst vor vier Tagen hier gewesen. „Was für eine Verschwendung jede Woche", denke ich. Dann bin ich fertig und warte auf sie. Ich warte und warte. Ich rufe nicht nach ihr, denn ich will sie nicht hetzen. Ich gehe auf den Balkon und schaue mir den Himmel und die Bäume an. Ich gehe wieder rein, denn es wird mir zu kühl und schaue mich im Zimmer um. Im Bad ist es ganz still. „Komisch", denke ich, „da ist doch hoffentlich nichts passiert." Dann rufe ich doch: „Alles in Ordnung? Du brauchst so lange!" „Jaha, ich komme gleich", antwortet sie mit brüchiger, hoher Stimme. Dann kommt sie heraus. Sie hat sich ein wenig gekämmt. Viel besser als vorher sieht sie nicht aus, aber immerhin, der Wille zählt. Sie zieht sich eine lange Hose über die Leggings. Inzwischen ist es zehn nach drei. Wir gehen endlich in den Veranstaltungsraum.

Sie geht langsam und in einem großen Abstand hinter mir her. Ich habe das Gefühl sie im Schlepptau zu haben. Am Ende des Raumes, neben dem Alleinunterhalter mit seinem elektrischen Klavier, sind noch zwei Plätze frei. Meine Mutter weiß offenbar nicht wohin mit ihrem Rollator und hantiert hilflos und ungeschickt damit herum, verhakt ihren mit dem eines anderen Bewohners. Ich entwirre die beiden Rollatoren wieder und schiebe sie an einen geeigneteren Ort, etwas abseits des Geschehens.

Der Alleinunterhalter stinkt entsetzlich nach Schweiß, ist aber sonst ein gut gelaunter, freundlicher Mann. Nicht mehr ganz jung und ziemlich zu dick, aber fröhlich. Ich bin nur nicht sicher ob ich diese Geruchsbeeinflussung lange aushalten werde. Mutig frage ich ihn auch noch, ob er mit mir zusammen etwas vorlesen würde, eine kleine Einkaufsanekdote zu Weihnachten zum Beispiel. Dafür bräuchte ich eine zweite Person, vorzugsweise männlich. Er lässt sich darauf ein und organisiert für das Mikrofon ein etwas längeres Kabel. Dennoch muss ich neben ihm sitzen und bin seinem Körpergeruch hilflos ausgeliefert. Es nützt auch nichts, dass er erzählt, er sei gerade Großvater geworden und hätte die letzten drei Nächte bei seiner Tochter in der Klinik verbracht. Mutter und Kind seien wohlauf. Es sei ein Junge. Jetzt weiß ich zwar, woher die Ungewaschenheit rührt, aber das verbessert die Luft nicht. Während ich mit ihm abwechselnd lese, registriere ich aus den Augenwinkeln, dass meine Mutter mit einen schräg gegenüber sitzenden Mann ... - spricht, kann man nicht sagen - irgendwie in Kontakt tritt, trifft es eher. Was sie genau miteinander bekakeln, weiß ich nicht, ich vermute aber, dass sie ihm irgendetwas zuschieben soll, das auf dem Tisch an einer Stelle steht, an die er nicht heran kommt. Sie versteht es nicht und wird unfreundlich. Er gibt ein nicht zu verstehendes Gebrabbel von sich. Die Situation löst sich auf, indem ein anderer Sitznachbar hilft.

Als ich mit dem Vorlesen fertig bin, setze ich mich wieder an den Tisch neben meine Mutter. Dieser räumliche Abstand zum Alleinunterhalter tut meiner Nase gut. Ich trinke meinen Kaffee und wir beobachten die Szenerie. Die Stimmung ist gut. Die Pfleger nehmen sich gegenseitig auf den Arm und scherzen lauthals miteinander, und auch die schwer kranken Bewohner müssen ab und zu mal lächeln. Meine Mutter will keine Torte, sondern lieber ein Stück Stollen. Das bekommt sie auch. Dann kommt der Pastor auf die Station. Er sieht gar nicht aus wie ein Kirchenmann, finde ich und habe eher den Eindruck einen Geschäftsmann zu sehen, der die neusten Erfindungen in Sachen Heizdecken, Gehhilfen oder Angehörigenversicherungen anpreisen will. Aber nein, er erzählt eine Geschichte zu Weihnachten. Was auch sonst. Sie handelt von einem Vater und seinem Sohn. Beide waren eng miteinander verbunden. Die Mutter starb früh und der Sohn wuchs nur beim Vater auf. Nun geschah es, dass der Sohn, als er erwachsen war, kurz vor Weihnachten starb und der Vater es am Heiligen Abend erfuhr. Usw. usw. Der Vater war natürlich traurig und fand Hilfe, Trost und Frieden bei Gott.

Ich schaue zu meiner Mutter, während der Pastor erzählt und sehe, dass sie immer mehr in sich zusammen sackt. Als der Pastor fertig ist, sehe ich Tränen in ihren Augen und ein noch traurigeres Gesicht, als bisher. Sie richtet sich dann wieder auf und schluckt die Tränen runter. Und weiter geht's im Takt.

So gegen fünf neigt die Weihnachtsfeier sich dem Ende und ich muss auch wieder nach Hause. Meine Mutter bringt mich zum Fahrstuhl und fährt dann doch noch mit runter um zu winken.

*Liebe Mama,*

*auf der Weihnachtsfeier glaubte, ich Deine tiefe Traurigkeit zu spüren. 1960, als mein Vater plötzlich und unerwartet kurz vor Weihnachten einen Unfalltod starb, muss das traurigste Weihnachtsfest für unsere Familie gewesen sein. Ich war noch sehr klein und habe keine Erinnerung daran. Die Geschichte, die der Pastor auf der Weihnachtsfeier erzählt hat, muss Dich irgendwie daran erinnert haben. Du hast nie mit mir darüber geredet. Keiner aus der Familie hat das je getan. Es wurde immer geschwiegen.*

*Du hast im Laufe Deines Lebens gelernt, Deine Trauergefühle zu verbergen. Trauer und Schmerz kamen nur selten an die Oberfläche. Als meine Großtante Emma starb, da warst Du merklich tief getroffen. Aber Du hattest Dich sehr schnell wieder im Griff. Alle anderen negativen Gefühle ploppen jetzt wie Luftblasen im Wasser immer wieder hoch. Hass, Neid, Unwille, Wut, Zorn und andere Schlechtigkeiten finden ihren Weg. Unbeherrschtheit überkommt Dich, wie früher auch manchmal. Zum Essen verschlangst du dann gierig irgendwelches Zeug, dass Du nicht vertrugst und bekamst prompt die Quittung. „Ach, ich hab' wieder so Magenschmerzen", hörte ich Dich häufig jammern und dann drücktest Du Deine Hand unter Deine*

Rippen. „Hast Du wieder etwas Falsches gegessen?" fragte ich dann meistens und Du antwortetest oft: „Naja, dies und jenes halt." „Warum machst du das denn immer wieder?" „Das ist so lecker, ich konnte mich nicht beherrrrrschen." Das Wort beherrschen sprachst Du dann sehr aggressiv aus.

Dein seelisches Leid konntest Du offenbar nur durch Alkohol lindern. Gesellschaftsfähig in kleinen Mengen zum Essen und einen Kurzen zur Verdauung hinterher, gewöhntest Du Dir das Trinken allmählich an. Als ich merkte, dass Du abhängig warst und dass all die Ungereimtheiten in Deinem Verhalten und Gesundheitszustand damit zu tun hatten, war es schon lange zu spät. Selbst Dein Arzt war nicht drauf gekommen. Erst als ich ihm meine Vermutung mitteilte, fiel der Groschen und er konnte sich plötzlich seltsame Untersuchungsergebnisse erklären.

Entweder Du hast wirklich selbst nicht gewusst, was mit Dir los war oder Du warst eine fantastische Schauspielerin. Ich glaube ja die zweite Variante. Du bist nämlich immer noch eine Schauspielerin.


Deine Bärbel

## Vor Weihnachten

In ein paar Tagen ist Weihnachten. Da die Zeit von letzter Woche Dienstag bis zum 24.12. zu lang ist, fahre ich heute nochmal zu ihr und nehme wieder unseren Hund mit. Das Wetter ist gut, der Himmel etwas aufgeklart und so können wir im Park rund um das Heim vielleicht noch ein wenig spazieren gehen. Meine Mutter liegt wie erwartet um 15.00 Uhr noch im Bett. „Na was soll man denn hier auch sonst machen", ist ihre obligatorische Antwort auf meine Frage, ob sie denn so schläfrig sei.

Heute bin ich müde und erschöpft, ich muss später noch arbeiten und erspare mir deshalb eine Aufzählung, all der Unternehmungen, die sie hier mit machen könnte. Heute findet sogar das monatliche Kaffeetrinken mit Bibelstunde statt, nebenan im Gemeinderaum der Kirche. Ich konnte beim Vorbeigehen einen Blick in den Saal werfen. Alles ist schön weihnachtlich geschmückt.

Die Haare meiner Mutter sind immer noch zersauselt und ungewaschen. „Vor Weihnachten musst du aber nochmal zum Frisör", sage ich zum wiederholten Male und bin es im Moment wirklich leid immer wieder das gleiche sagen zu müssen. Sie steht auf, schlurft ins Bad und braucht wieder eine Ewigkeit. „Gleich wird's dunkel", denke ich. Die Badezimmertür steht halb offen, sodass meine Mutter durchaus ihren Rollator mit der Handtasche sehen kann. Deshalb warte ich bis sie aus dem Bad kommt, um die

Handtasche zu inspizieren. Ich will vor ihren Augen nicht so übergriffig sein und darin herum wühlen. Sie zieht sich dann endlich an, leider wieder dieselbe Hose wie auch schon vor drei Wochen. Mir fehlt gerade die Kraft sie zu bitten eine andere anzuziehen. Aus der Handtasche hole ich wieder jede Menge Obst, vor allem Massen dieser faden Ganzjahrespflaumen, und ein paar belegte Brote, die unser Hund heute Abend bekommt. Ich frage sie, woher das weiße Kabel kommt, das auf dem Sessel liegt. „Ich weiß nicht, wo das her kommt", antwortet sie barsch. Die Enden sehen aus wie Antennenstecker, doch an ihrem Fernsehapparat fehlt nichts. Ich schaue mich um und sehe dann das Kabel mit dem Notrufschalter ebenfalls lose rumliegen. Beide Kabel wickle ich auf. „Ich komme gleich wieder, zieh dich schon mal weiter an", sage ich und gehe zum Büro der Pflegestation. Der nette, junge Pfleger ist da und ich sage ihm, dass ich die Kabel lose gefunden hätte und meine Mutter nicht wüsste, woher sie kommen. Er sagt, dass er sie gleich wieder anbringt. „Wir", und damit meinte ich betont meine Mutter und mich, „gehen jetzt spazieren", antworte ich. „Gut", antwortet er, „dann bring ich das Kabel gleich zwischendurch an."

Als meine Mutter zum Fahrstuhl kommt, sehe ich, dass die Daunenjacke, die ich ihr geliehen habe, auf der Brust beschmutzt ist. Sieht aus wie bekleckert. Außerdem ist die Hose sehr schmutzig. In diesem Licht ist das gut zu sehen. Wir fahren runter und ich hole den Hund aus dem

Auto. Er begrüßt meine Mutter als zum Rudel da-
zugehörig und wir setzen uns langsam in Bewegung. Meine Mutter pustet schon die ganze Zeit
und ist deutlich langsamer als noch vor Wochen.
Trotzdem bewundere ich ihre Zähigkeit. Mit einer
angestrengten Verbissenheit schiebt sie ihren
Rollator über Stock und Stein. Sie kommt immer
hinter mir her. Zwischendurch schaue ich mich
nach ihr um. Ich sehe ihr Gesicht, das total ver-
heult aussieht. Aber sie weint gar nicht. Traurigkeit und Verbitterung haben sich inzwischen tief
in ihr Gesicht geschrieben. Bei dem, was sie in
ihrem Leben mitgemacht hat, ist es kein Wunder. Trotzdem denke ich immer noch, dass sie
hätte etwas machen können. Sie hätte sich behandeln lassen können, hätte solidarisch sein
können mit anderen, denen es ähnlich geht.
Doch dann wird mir klar, dass sie das eben nicht
konnte. Bei allem, was sie erlebt hat, Vertrei-
bung, Flucht, Hunger, Not, Verlust und Trauer
hat sie nie gelernt über ihre Gefühle zu reden.
Dafür war wahrscheinlich keine Zeit und ihre
ganze Familie war traumatisiert. Warum sollte
ihr das jetzt leicht fallen. Warum sollte sie es
jetzt auf einmal können?

Zurück von unserer Spazierrunde, setzen wir uns
noch einen Moment ins Foyer. Sie hat Glück, es
gibt noch Kaffee und ein paar Kekse, die sie
nicht isst, sondern in eine Serviette wickelt und
in ihre Tasche steckt. Eine Pflegerin einer anderen Station kommt vorbei und fordert uns auf
zum Adventskaffee zu kommen. Es sei sehr voll
und sehr nett. „Willst Du hingehen?", frage ich

meine Mutter. „Was soll ich denn da?", ist ihre barsche Antwort. Ich muss dann los und bringe sie erst noch nach oben. Sie will mich dann noch nach unten bringen. Auf dem Weg zum Fahrstuhl fällt ihr jedoch ein, dass sie dringend zur Toilette muss. Wir verabschieden uns auf dem Flur.

## Heilig Abend

Weihnachten, das Fest der Feste. Stress vor-programmiert? „Nicht bei mir!", dachte ich, denn dieses Jahr wollten wir zur Schwiegermutter, dort mit der Familie feiern. Blöd nur, dass sie drei Wochen vorm Fest einen Schlaganfall erlitt. Nicht schlimm, im Nachhinein. Sie hatte Glück und war nur zwei Tage im Krankenhaus und konnte dann wieder nach Hause. Sie solle laut lesen, damit die Aussprache sich wieder verfei-nert, haben ihr die Ärzte empfohlen. Nach einer Woche merkte man schon gar nicht mehr, dass sie einen Schlaganfall mit leichten Sprachstörun-gen und Lallsymptomen hatte. Aber sie will ver-ständlicherweise nicht, dass Weihnachten bei ihr gefeiert wird. Das wird ihr zu viel mit der Organi-sation und so weiter. Natürlich, nur dass ich jetzt zweieinhalb Wochen vor Weihnachten umdispo-nieren und die Organisation übernehmen muss. Es ist viel liegen geblieben und das Haus ist durch den Umzug unserer Tochter noch gar nicht renoviert und aufgeräumt. „Egal", denke ich mir, „darauf kommt es jetzt auch nicht mehr an, das wird schon irgendwie." Mein Mann nimmt sich Urlaub und räumt um, ich benachrichtige die Kinder wegen der Übernachtungsmöglichkeiten, nehme mir einen Tag frei um Einkäufe zu erledigen und die Gans zu bestellen.

Bei unseren ursprünglichen Plänen zur Schwiegermutter zu fahren, kamen wir zu dem Schluss, dass meine Mutter hierbleiben müsse. Es wäre für sie zu viel geworden. Mindestens zwei, drei Tage in nicht vertrauter Umgebung, von der sie der Meinung war, noch nie da gewesen zu sein, wäre bestimmt nicht gut. Nicht für sie und auch nicht für uns. Nun aber hätte ich es unfair gefunden sie im Heim sitzen zu lassen, während wir daheim feiern. Also planen wir sie am Heiligen Abend zu holen, zusammen zu essen und dann die Bescherung stattfinden zu lassen. Dann würden wir sie wieder zurück bringen und am nächsten Tag zum Gansessen wieder holen.

Bis zum Heiligen Abend läuft auch alles einigermaßen wie geplant. Mein Mann will meine Mutter zusammen mit seiner Mutter holen. „Okay", denke ich, „wahrscheinlich möchte er, dass seine Mutter sich das Heim einmal anschaut. Sie hatte nämlich mal gesagt, dass sie wenn, dann in das Heim wolle, in dem meine Mutter ist." Die beiden fahren also los und ich befürchte ein wenig, dass meine Mutter keinen von beiden erkennen wird. Ich drücke meinem Mann den Weihnachtsstrauß in die Hand und gebe noch Instruktionen für die Vase, Hausschuhe und die Abmeldung auf der

Station. Nach einer guten Stunde kommen sie zurück. Meine Mutter ist zwar zersauselt, aber wenigstens sieht man noch ansatzweise, dass sie beim Frisör gewesen sein muss. Schick gemacht hat sie sich keineswegs und die Fleecejacke, die sie trägt, erscheint mir auch zu dünn. „Naja, so ist das eben wenn man nicht selbst fährt", denke ich, „mein Mann kann das ja nicht wissen und war mit der Situation sicher überfordert, so wie ich es anfangs auch war. Bei uns zu Hause ist es ja warm und trocken und immerhin hat sie Hausschuhe dabei."

Meine Mutter steht im Zimmer mit ihrer Handtasche über dem Arm und sagt meiner Schwiegermutter, dass sie hier noch nie gewesen sei. Ich muss trocken schlucken und denke, dass sie jetzt schon überanstrengt ist. Die vielen Leute! Meine Kinder kennt sie ja schon lange nicht mehr und meinen Mann hat sie auch lange nicht gesehen. Schwiegermutter ist ebenso eine Fremde. Meine Laune bessert sich nicht, denn ich muss meine beiden erwachsenen Kinder doch tatsächlich mehrmals auffordern ihre Mobiltelefone weg zu legen und die Oma, die sie nicht kennt, zu begrüßen. Mein Mann versucht die Situation zu entschärfen und kocht erst mal Kaffee. Ich lege noch eine Lage selbstgebackener Kekse auf den Weihnachtsteller, der auf dem Tisch steht. Mein Mann holt dann für jeden ein Gläschen Portwein zum Kaffee. Soweit so gut. Die Stimmung wird wieder besser und ich hole die Fotoalben meiner Mutter hervor. Ich habe mal gehört, dass es Demenzkranken gut tut, alte Bilder anzusehen, weil sie sich oft noch an weit Zurückliegendes erinnern. Doch meine Mutter erinnert sich kaum. Sie sagt immer wieder: „Daran kann ich mich nicht erinnern." Sogar auf dem einen oder anderen Bild, auf dem mein Vater abgebildet ist, erkennt sie ihn nicht. Dann fällt uns ein Bild von ihr aus jungen Jahren in die Hände. Sie war wirklich eine hübsche junge Frau, ganz im Stil der 50er Jahre frisiert und gekleidet. Das Gesicht entspannt und mit zuversichtlichem Blick. „Ach, *die* doofe Ziege", bricht es aus ihr heraus. Ich bin zunächst überrascht, aber dann wird mir klar, dass meine Mutter sich selbst nicht leiden kann. Trotzdem bin ich irgendwie erbost über ihre abfällige Äußerung und sage: „Na na, nun man nicht gleich so heftig, du warst doch eine hübsche junge Frau." Daraufhin ist sie still, aber es rumort in ihr, das merke ich.

Sie erzählt nichts mehr von früher. Sie erzählt gar nichts mehr. Sie blättert weiter in den Alben herum, ich zeige auf verschiedene Personen und Begebenheiten, an die ich mich noch erinnere und ertrage die ganze Zeit über tapfer ihr Gepuste in meine Richtung. Ich muss ja etwas näher an ihr dran sitzen, denn sonst könnten wir nicht zu zweit in die Alben gucken. Dass sie sich heute bereits die Zähne gründlich geputzt hat, bezweifelte ich, denn ihr Atem riecht unangenehm und das bessert nicht meine Laune.

Dann wird es endlich Zeit fürs Abendbrot und danach soll ja die lang ersehnte Bescherung stattfinden. Wir tischen den schwäbischen Kartoffelsalat meiner Schwiegermutter auf, dessen Reste noch in der selben Nacht von meinen Kindern verschlungen werden, den selbstgemachten roten Heringssalat, der seit Kindertagen Dinofutter genannt wird, ich habe Würstchen heiß gemacht und für die Vegetarier werden Gemüsebratlinge auf den Tisch gestellt. Es gibt Wasser, Saft, Wein und Bier.

Meine Mutter sitzt neben mir. Ich biete ihr Heringssalat an. Sie will nicht so viel. Ich gebe ihr nicht so viel. Ein Löffelchen voll. Sie will ein halbes Würstchen, sie bekommt ein halbes Würstchen. Sie will keinen Kartoffelsalat. Sie bekommt keinen Kartoffelsalat. Sie will ein Stückchen Brot. Sie bekommt ein Stückchen Brot. Sie fragt mich, ob ich den Heringssalat essen will, der auf ihrem Teller liegt, sie hätte ihn gar nicht gewollt. Ich sage sie solle ihn einfach liegen lassen. Sie hat ihn dann doch aufgegessen und wollte sogar noch mehr Würstchen. Sie bekommt auch ein Glas Bier zum Essen, wie gewünscht. Daraus wurden zwei Gläser und sie rülpst schamlos dreimal laut am Tisch, ohne Anstand und Hand vor dem Mund in die Runde.

Nach dem Essen wird die Katze meiner Töchter aus einem Zimmer geholt. Der Hund liegt brav auf seinem Platz. Für die Katze müssen wir uns etwas ausdenken, denn sie ist schwer davon abzuhalten in der Küche auf die Arbeitsplatten zu springen und an Lebensmittel zu gehen. Ohnehin ist es schwer, sie im Auge zu behalten. Sie ist schnell und sie will gerne raus. Wegen der zur Zeit grassierenden Vogelgrippe darf sie aber nicht in den Garten. Also müssen wir darauf achten, dass sie nicht durch einen Türspalt, der zwangsläufig entsteht, wenn wir hinein und hinaus gehen, entschwindet. Es geht beim Abräumen dadurch etwas turbulent zu und meiner Mutter wird das offenbar zu viel. Als die Katze dann tatsächlich einmal entwischt, schreit sie laut: „Scheiße!" Ich finde das gar nicht witzig. Und ich frage sie, warum sie das tut. Sie antwortet ganz erbost und lautstark: „Na, ich werd' jawohl mal Arschloch sagen dürfen!" Irgendwie reicht es mir dann und ich bin der Meinung, dass meine Mutter jetzt nach Hause muss, auch wenn sie dadurch die Bescherung nicht mitmachen kann. Ich habe den Eindruck, sie hat genug Eindrücke gehabt und verliert langsam völlig ihre Selbstkontrolle.

In dem wilden Durcheinander des Tischabräumens geht sie nochmal zur Toilette. Ich räume derweil in der Küche Geschirr in die Spülmaschine und warte auf sie, um sie nach Hause zu bringen. Als sie in die Küche zurück kommt, greift sie flugs in eine Schüssel mit Lychee-Früchten und steckt sich heimlich und geschwind eine Frucht in den Mund. Ich sehe es aus dem Augenwinkel. Nun isst man diese Früchte ja nicht mit Schale. Erstens ist sie nicht genießbar, außerdem hart und wahrscheinlich auch mit wer weiß was gespritzt. Ich erschrecke ein wenig und habe Angst, meine Mutter könne sich an dem harten Ding mit dem dicken Kern verschlucken und fordere sie auf, die Frucht wieder aus dem Mund zu nehmen. Sie guckt mich nur mit großen Augen an und schiebt die große Frucht mit ihrer Zunge mühsam von der linken zur rechten Backe. Sie denkt nicht daran, ihr Erbeutetes wieder her zu geben. Ihre Augen glitzern mich feindselig an. Ich werde etwas forscher in meiner Forderung. Dann kommt mein Mann und sagt ebenfalls mehrmals laut, dass sie das Ding sofort wieder ausspucken soll. „Whormm?", fragt meine Mutter mit vollem Mund und sichtbar verärgert. „Spuck' es sofort in deine Hand", schreit mein Mann und er schreit selten. Dann tut sie es endlich. Sie ist so sauer, dass sie gar nicht wissen will, wie man diese Frucht wirklich isst. Ich will es ihr zeigen und eine pellen, doch sie wendet sich ab. Später erfahre ich, dass sich meine Kinder ob der Situation im Wohnzimmer auf dem Sofa vor Lachen kringelten.

Ich schmeiße meiner Mutter dann die Jacke über, sie hakt sich bei mir ein und ich bringe sie zum Auto. Die Rückfahrt verläuft schweigend. Ich könnte ihr alles mögliche an den Kopf werfen, tue es aber nicht. Es hat ja keinen Zweck und irgendwie war die Situation ja auch ein bisschen komisch. Sie sitzt die ganze Zeit pustend neben mir. Mir wird wieder einmal bewusst, dass sie schwer krank ist. Am Heim angekommen muss ich ihr aus dem Auto helfen. Sie hakt sich wieder bei mir unter und wir gehen auf ihr Zimmer. Sie macht sich steif und ich habe den Eindruck, dass sie versucht gerade zu gehen. Kann es sein, dass sie betrunken ist? Von zwei kleinen Wassergläsern voll Bier und einem Portwein innerhalb von drei Stunden? Mit Kuchen und Heringssalat, Würstchen und Brot? Lychee ja nun nicht mehr.

Ich sage, sie solle sich besser gleich hinlegen und versuche die Nachttischlampe an zu schalten. Die Glühbirne ist kaputt. Ich schraube sie heraus und sage meiner Mutter, dass ich losgehen und fragen werde, ob es auf der Station eine Ersatzbirne gibt. Auf meinem Weg zum Stationsbüro sehe ich ihre Nachbarin Frau Bertel in ihrem Zimmer mit ihrem Inhalationsapparat sitzen. Ich gehe schnell hinein und wünsche ihr frohe Weihnachten.

Dann warte ich vor dem Büro, nicht ohne vorher die Bereitschaftsklingel gedrückt zu haben. Es ist nicht viel los hier, alles ist ruhig. Dann höre ich einen Mann laut und kräftig zweimal um Hilfe schreien. Genau kann ich nicht orten, woher der Hilferuf kommt. Hinter irgendeiner Tür rechter Hand muss es gewesen sein. Nichts geschieht. Es erklingt auch kein Rufsignal. „Hm", denke ich, „was mach ich denn jetzt?" Ich denke über den Hilferuf nach. Er klang echt und wurde ja kräftig hinausgerufen. Hinter mir steht die Tür eines Bewohners offen. Eine Angehörige kommt heraus und drückt ebenfalls auf die Klingel. „Es ist ja viel zu wenig Personal hier", kritisiert sie. „Na, es ist Weihnachten", sage ich, „da sind ja auch viele Bewohner nicht da, sondern bei ihren Angehörigen." Nachdem sie zweimal geklingelt hat, kommt endlich aus einem Bewohnerzimmer eine Pflegerin, die ein Betttuch und eine Windel in den Händen hält. Sofort wird sie von der Angehörigen in Beschlag genommen. Der Stuhl müsse festgestellt werden, sonst könne er, der Bewohner, eventuell damit wegrutschen, wenn er aufstehen sollte, war ihre Botschaft. Die Pflegerin will erst mal schnell das Betttuch und die Windel entsorgen. „Vernünftig", denke ich und halte sie trotzdem kurz an. Ich sage, dass grade jemand um laut Hilfe gerufen hätte. Sie meint, das sei bestimmt Herr Meier und setzt ihren Weg fort. Ich antworte, während ich den Kopf schüttle: „Das muss man nicht beachten?" „Nein, nein", ist die Antwort. Ein bisschen wundere ich mich. Wenn jemand laut und vehement nach Hilfe ruft, braucht man das nicht beachten, weil das häufig vorkommt und meistens nichts los ist. Aha. Woher soll man das wissen und wie unterscheidet man, ob nicht doch mal irgendwas passiert ist?

Dann kommt die Pflegekraft zurück und ich frage nach einer Ersatzglühbirne. Sie verschwindet wieder und kehrt nach ein paar Minuten mit leeren Händen zurück. Die Angehörige trägt ihr Anliegen, den Stuhl fest zu setzen, erneut vor. Ich schaue in den Raum und sehe links an der Wand den Rollstuhl stehen. Das Bett ist gar nicht zu sehen, sondern steht rechts um die Ecke. Dann ertönen wieder Hilferufe. Wieder zweimal und wieder sehr energisch. Die Pflegerin geht in das vermeintliche Zimmer und ruft erschüttert: „Herr Meier, warum klingeln sie denn nicht?"

Ich habe das Gefühl hier genauso im Irrenhaus zu sein wie zu Hause. Also gehe ich zu meiner Mutter zurück. Ich mag sie in ihrem Zustand nicht allein im Dunkeln ins Bett gehen lassen. Sie zieht sich um, ich sage 'gute Nacht' und decke sie zu, wie ein Kind. Dann verabschiede ich mich. Sie sagt: „Schön, dass Du mal wieder da warst."

„Du warst doch bei uns", antworte ich, „es ist doch Weihnachten, Heiligabend." „Das wusste ich gar nicht."

Wieder zu Hause angekommen erzählt meine Tochter, dass meine Mutter zweimal ohne zu fragen einfach ihr Weinglas geleert hätte. Mit einem Zug. Da wird mir dann klar, warum meine Mutter schon fast torkelte und im nach hinein auch, warum sie sich so benommen hat. Ich beschließe sie am nächsten Tag nicht zum Essen zu holen. Es hat keinen Zweck. Wir wollen ja gerne ein Glas Wein zum Essen trinken und auf so etwas wie heute habe ich morgen keine Lust. Die Bescherung ist dann noch sehr schön und entspannt. Die Geschenke für meine Mutter werde ich nächste Woche mitnehmen.

## Kurz vor Silvester

Voll bepackt komme ich um 15.00 Uhr im Heim an. Ich habe die Weihnachtsgeschenke für meine Mutter dabei und noch ein paar Kekse und einen kleinen Blumenstrauß. Für die Pfleger habe ich eine Flasche alkoholfreien Sekt und Schokolade gekauft.

Im Foyer sitzt Frau Bertel, die Zimmernachbarin meiner Mutter. Ich begrüße sie und sie freut sich sehr mich zu sehen. Sie hat ganz warme Hände und findet meine kalten Hände gut. Wir müssen lachen. Es geht ihr wieder etwas besser. Sie hat Probleme mit der Atmung und muss zwischendurch inhalieren, erzählt sie. Ich weiß. Sie hat meine Mutter nicht gesehen, sagt sie und deshalb gehe ich in Richtung Fahrstuhl. Auf dem Weg dorthin bleibe ich am Tageskalender stehen und lese den Spruch für den heutigen Tag. Von links höre ich ein „Hu, hu, hu, hu, hu, hu, hü, hü." Eine Pflegerin tickt mich an und sagt, dass meine Mutter mich rufen würde. Ich blicke mich kurz um und sehe meine Mutter mit ihrem Rollator den Flur entlang kommen und „Hu, hu, hu, hu, hu, hu , hü, hü" rufen. Der Pflegerin gebe ich zu verstehen, dass ich den Lockruf bereits gehört habe und bedanke mich für ihre Aufmerksamkeit. Meine Mutter bleibt bei mir stehen, verwuschelt am Kopf, wie immer, und sagt: „Na?" Kurz und knapp und mürrisch. Ich begrüße sie freundlich und zeige ihr den in Papier eingepackten Blumenstrauß. „Ich möchte den Strauß gerne erst mal ins Wasser stellen", sage ich und frage sie, ob sie mit nach oben will oder vielleicht lieber hier unten warten möchte. Sie will mit rauf.

Wir warten schweigend vor dem Fahrstuhl. Ich breche das Schweigen indem ich sage, dass es ja draußen ganz schön kalt wäre. „Jaoa", erwidert meine Mutter, woraus ich schließe, dass sie das nicht weiß. „Warst du denn heute schon draußen?", frage ich. „Natüüüühhhrlich", ist ihre überbetonte Antwort. Sie hat nur einen Pullover an und ich frage, wo sie denn war. „Na hier so außen rum", antwortet sie und gestikuliert einen Kreis. „Hattest Du denn keine Jacke an?" frage ich, „es ist doch kalt." „Nein, so vor der Tür. Da ist es nicht kalt." „Aha", antworte ich und schaue sie skeptisch an. Sie schaut zu Boden. Wir kommen endlich oben an und gehen in ihr Zimmer. Es ist wie immer miefig. Ich mache die Balkontür auf. Dann bitte ich sie, sich eine andere Hose anzuziehen, denn ich habe von hinten gesehen, dass ihre jetzige bekleckert ist. Ihren Einwand nicht abwartend gehe ich an ihren Schrank und finde ganz vorne an eine andere warme Schlupfhose, die ich ihr reiche. Sie beginnt sich umzuziehen und ich sage, dass ich gleich wiederkommen würde, weil ich auf der Station noch etwas abgeben müsse. Ich will die kleine Aufmerksamkeit für die Pfleger und noch eine Flasche Doppelkorn hinterlegen und da muss meine Mutter nicht dabei sein. Der freundliche junge Pfleger ist da und ich gebe ihm alles. Er bedankt sich und ich erzähle ein wenig, wie es Heilig Abend war. Er sagt, dass sie in der letzten Zeit öfter fragt, wo sie denn eigentlich hin müsse. Sie findet weder den Speiseraum noch ihr Zimmer häufig ohne Hilfe.

Ja, so ist das. Es wird nicht besser.

Dann komme ich zurück zu ihr und sehe, dass die schöne Amaryllis in ihrer Vase abgeknickt ist. Bevor ich dazu komme, den neuen Strauß ins Wasser zu stellen, rette ich die hübsche Blüte, indem ich den Stil kürze und zurück in frisches Wasser stelle. Meine Mutter sitzt die ganze Zeit nur auf einem Stuhl und pustet. Sie pustet auch, weil sie ständig die Luft anhält, denke ich. Und das geht mir auf die Nerven. Das hat mich schon immer genervt. Ich sage ihr, dass sie versuchen soll gleichmäßig ein- und auszuatmen, und zwar durch die Nase. Ein zwei Atemzüge probiert sie es, dann fällt sie in ihren alten Rhythmus zurück.

Nachdem der Amaryllisstrauß versorgt ist, schaue ich nach dem Obst und ob noch genug Windelhosen als Vorrat da sind. Außerdem kontrolliere ich das Telefon. Ich konnte sie ja die ganze Woche nicht erreichen. Das Kabel liegt lose im Raum und das für den Notruf liegt auch wieder unangeschlossen herum. „Wie kommt es nur immer wieder dazu?", frage ich mich. Ich ahne es, mag die Vorstellung, dass meine Mutter auf allen Vieren herumkriecht, um hinter den Schränken die Stecker aus den Anschlussdosen zu ziehen, aber nicht. Ich suche die Anschlussbuchsen und finde hinter dem Koffer und dem Spiegel, die an der Wand davor lehnen, schräg unter dem Schränkchen eine mumifizierte Kiwi.

Sie muss schon länger dort liegen, was vom Reinigungsverhalten der Reinigungskräfte zeugt. Ihre Pelle ist ganz und rund. Innen ist sie hohl und schimmelig schwarz. Außerdem lief sie an einer kleinen Stelle aus und eine dunkel gewordene Masse klebt jetzt bombenfest am Fußboden. Ich fege die Reste auf und besorge mir dann auf der Station Seifenwasser und einen Lappen, um alles aufwischen zu können. Mehrmals muss ich den fest getrockneten Teil einweichen. Dann schließe ich das Telefon an und lasse meine Mutter den Hörer hochnehmen und hineinhören, ob ein Ton da ist. Super, es geht wieder. Das gleiche tue ich mit dem Notrufkabel. Der Knopf leuchtet und damit steht für mich seine Funktionsfähigkeit fest. Ich erkläre meiner Mutter nochmal eindringlich, dass sie die Kabel dran lassen soll und dass der Notrufknopf eine wichtige Funktion hat. Sie tut mal wieder so, als höre sie das zum allerersten Mal in ihrem Leben.

Nachdem ich alles aufgeräumt, den Lappen und ein Glas mit Löffeln weggebracht habe, gucke ich die Handtasche meiner Mutter durch. Natürlich ist sie wieder mit Obst und belegten Broten gefüllt. Das Obst lege ich auf ihren Obstteller und das Brot packe ich für unseren Hund ein. Dann nehme ich noch einen Pullover und eine Jacke zum waschen mit und verabschiede mich von meiner Mutter. Sie will nicht mehr mit runter kommen. „Was soll ich denn da?" „Na, noch ein wenig mit den anderen da sitzen", sage ich. „Ach was", antwortet sie, „die quatschen immer nur so dusseliges Zeug." „Na", sage ich, „du bist aber auch nicht die Freundlichkeit in Person. Soll ich dir den Fernseher anmachen?" „Gaaaar nichts", antwortet sie und wehrt mit den Händen ab.

Ich gehe zum Fahrstuhl. Dort spielt eine Pflegerin mit einem neuen Bewohner Fußball auf dem Flur. Ich drücke den Rufknopf und warte. Der Bewohner will mich vorbei lassen. Ich sage, dass ich auf den Fahrstuhl warte. Er spielt mit der Pflegerin weiter und sagt, dass er hofft, dass ich ehrlich bin. „Hm", denke ich, „mir ist letztens schon aufgefallen, dass er offenbar eine kleine Macke hat." Der Fahrstuhl kommt und ich sage tschüss.

## Telefonat mit einer Freundin

Als ich mit meiner Freundin telefoniere und ihr die Geschichte mit der Lychee an Weihnachten erzähle, lacht sie und sagt, dass sie einmal mit ihrem Vater einkaufen war. Er war auch schon leicht dement. Im Supermarkt hätte er einfach alle möglichen Packungen aufgerissen und angefangen zu essen. Darauf sei sie nicht vorbereitet gewesen. Sie hatte Angst, dass alles gefilmt und ihr Vater zur Rechenschaft gezogen wird. Ihr Bruder hat ihr dann hinterher gesagt, dass der Vater das bei ihm auch schon öfter gemacht hätte.

# Innerlicher Rückzug

Irgendwann unterhielten meine Mutter und ich uns auch nicht mehr. Ich weiß gar nicht mehr wann das anfing. Meine Mutter erzählte nichts mehr und antwortete nur noch einsilbig auf Fragen. Ich las ihr deshalb häufig aus der Zeitung vor, versuchte die guten Nachrichten herauszufiltern. Was wusste sie schon vom Krieg in Syrien und den vielen Flüchtlingen, die jetzt übers Mittelmeer kamen? Von den Konflikten zwischen Ost- und West, vom Unfall Michael Schumachers und dem technischen Fortschritt des Internets? Sie schaltete ja nicht mal mehr den Fernseher an. Die Stromverbindung zum Radio wurde auch nie hergestellt. Sie wollte das nicht. „Immer das Gedudel." Anfangs war sie an den literarischen Nachmittagen, die im Gemeinschaftssaal stattfanden interessiert und ging auch öfter hin. Es wurde vorgelesen, aus einem Buch von Loki Schmidt. Das hatte ihr gefallen. Doch dann ist das Interesse daran verebbt. Sie weiß manchmal gar nicht, dass etwas stattfindet, obwohl es ein monatliches Programmheft mit den aktuell geplanten Veranstaltungen gibt und es in ihrem Zimmer auch mehrfach zu finden ist.

Vielleicht lebt sie nur noch in ihrer Erinnerung. Sie sortiert ihre Pullover und andere Kleidungsstücke aus dem Schrank. Sie stemmt auch den schweren Koffer mit den Sommersachen aus der Ecke und öffnet ihn. In der letzten Zeit habe ich Sommer- wie Wintersachen durcheinander in ihrem Schrank gesehen. Der Koffer ist fast leer. Schuhe, Blumenübertöpfe, und Kerzenständer liegen in den Regalfächern im Schrank, obendrauf Wäsche. Dinge aus dem Bad, wie Cremedosen, Kämme, die Haarbürste, Nagelfeilen usw. stecken in einem Plastikkörbchen. Zusammen mit gebrauchten Servietten, einem Kugelschreiber, ihrer Uhr, Ohrringen und in Servietten eingewickelten Kekse liegt es in einem größeren Körbchen, das auf ihrem Tisch mitten im Zimmer steht. Sie sortiert offenbar immer wieder um und bringt viele Dinge durcheinander, stellt sie neu zusammen, schafft eine neue Ordnung. Das Chaos im Kopf zeigt sich auch in ihrem Zimmer.

## Krankenhaus Notaufnahme

An einem Montag Anfang Januar bekomme ich vom Seniorencentrum einen Anruf. Meine Mutter würde mit dem Notarzt ins Krankenhaus gebracht werden. Sie hätte starke Bauchschmerzen und sich erbrochen. „Kaffeesatzartig". Das hört sich für mich nicht gut an. Dank „google" kann ich mir unter 'kaffeesatzartiges Erbrechen' etwas vorstellen. Meistens liegt ein Verdacht auf Magenbluten vor.

Als ich im Krankenhaus anrufe kann man mir vorerst nur sagen, dass meine Mutter in der Notaufnahme eingeliefert wurde und erst mal Untersuchungen gemacht werden müssen. Ich bräuchte noch nicht vorbei kommen. Nachmittags heißt es dann, sie würde immer noch in der Notaufnahme liegen und wohl auch im Krankenhaus bleiben müssen. Diese Aussage veranlasst mich mein Büro zu schließen und den Notfallkoffer meiner Mutter aus dem Seniorenheim ins Krankenhaus zu bringen. Um 16.30 Uhr komme ich an und atme kurzzeitig auf. Es gibt endlich ein Parkhaus! Was für ein Segen. Das eingeplante Herumkurven in den Nebenstraßen rund um das Krankenhaus auf der Suche nach einem Parkplatz entfällt. Noch suboptimal ist der einzige Ein- und Ausgang, der auf der entgegengesetzten Seite des Eingangs zur Notaufnahme liegt, aber es ist ja noch ganz nicht fertig. Vielleicht wird das noch optimiert. Ich trage das Gepäck also zum Haupteingang und dann durch den langen Flur zur Notaufnahme. Ein bisschen unangenehm ist mir das schon, denn ich habe das Gefühl auf einer Station durch den Flur zu laufen. Links und rechts sind Behandlungsräume und Krankenhauspersonal kreuzt meinen Weg. Ich habe Winterschuhe an und komme von draußen. Aber ich mache alles richtig und folge nur der Ausschilderung. Die Notaufnahme ist voller Menschen. Beide Warteräume voll sind besetzt. An der Information sagt man mir, dass meine Mutter da hinten im Flur irgendwo liegt. Ich solle mal gucken, könne aber höchstens 10 Minuten bleiben. Aha, denke ich und gehe den Flur entlang. Rechter Hand liegen Menschen in Betten. An einem nach dem anderen gehe ich vorbei. Wo ist meine Mutter? Der Flur ist zu Ende und ich gehe um die Ecke. Auch hier steht an der Wand eine lange Reihe Betten mit Patienten. Und es werden mehr. Immer wieder muss ich mich in eine Lücke drücken um Krankenpfleger, die ein weiteres Bett in den Bereich schieben, vorbei zu lassen. Endlich finde ich ihr Bett. Meiner Mutter geht es schlecht. Sie hängt an einer Infusion und liegt halb im Delirium. Sie hat Schmerzen. Ich streichle sie und rede beruhigend auf sie ein, frage, ob sie etwas trinken möchte. Die Dame im Bett neben meiner Mutter fragt mich nach der Uhrzeit. „Doch schon Viertel vor Fünf", sagt sie, „ich dachte meine Uhr ist kaputt." Sie lässt durchblicken, dass sie hier auch schon sehr lange wartet. Ich schaue mich um und besorge beiden etwas Wasser. Dankbar nehmen sie es an. Meiner Mutter wische ich mit einem Tempotaschentuch, dass ich leicht befeuchtet habe, die Blutspuren vom Mund. Ihr Atem riecht schlecht. Kein Wunder. Sie legt sich wieder hin. Ich bin schon eine viertel Stunde da und muss wieder gehen. Ich sage ihr, dass sie versuchen soll zu schlafen. Abends kurz vor 22.00 Uhr rufe ich in der Notaufnahme an, um zu erfragen, ob meine Mutter denn nun auf die Station gebracht worden sei. „Nein noch nicht, aber das wird sie bestimmt noch", ist die Antwort auf meine Befürchtung, dass sie auf dem Durchgangsflur übernachten müsste.

Das einzig Positive, was ich dieser Situation entnehmen kann, ist, dass meine Mutter offenbar nicht lebensgefährlich erkrankt ist. Ich kann mir nämlich nicht vorstellen, dass man sie dann auf dem Flur liegen lassen würde. Obwohl ... – aufkommende Zweifel verscheuche ich schnell wieder. Soweit kann es doch nicht sein in Deutschland nach der Jahrtausendwende.

Am nächsten Morgen rufe ich gleich um 8.30 Uhr im Krankenhaus an. Meine Mutter sei immer noch in der Notaufnahme. Man verbindet mich dorthin. Mit dem Arzt könne ich nicht sprechen, er sei nicht im Dienst. Und der andere Arzt hätte grade keine Zeit. Außerdem müsse man noch auf das Ergebnis der Blutuntersuchung warten. Ich hinterlasse meine Telefonnummern und kündige an, vormittags erneut vorbei zu kommen und meine Vollmacht mit zu bringen, um über geplante Untersuchungen informiert zu werden und gegebenenfalls zuzustimmen. Ich koche einen Tee, packe Einwegwaschlappen ein, von denen ich zwei befeuchtet in eine Brotdose stecke, lege ein Handtuch dazu, suche eine neue Zahnbürste heraus und nehme einen Plastikbecher mit. Im Krankenhaus liegt meine Mutter wie erwartet im Flur, allerdings steht ihr Bett nicht mehr ganz so weit hinten. „Sie ist aufgerückt", denke ich sarkastisch. Heute habe ich fünf Minuten, wie man mir an der Anmeldung sagt.

Es ist wieder viel los, ich muss ständig ausweichen und verbrauche diese fünf Minuten schon durch Warten. Meine Mutter sitzt auf dem Bett. Zum Glück! Es geht ihr offenbar besser. Sie bekommt auch keine Infusion mehr, sondern schlürft einen Kaffee mit Strohhalm aus der Tasse. Warum auch nicht. Anscheinend hat sie auch etwas gegessen. Ein halbes in Plastik verpacktes Sandwich, bestehend aus nicht getoastetem Toastbrot mit irgendeinem Belag, liegt noch als Rest auf dem Klapptischchen des Bettes. Ihr Koffer ist auch noch da und ich hole die Zahnpasta heraus. Dann gebe ich meiner Mutter einen feuchten Waschlappen und das Handtuch, damit sie sich das Gesicht frisch machen kann. Sie nimmt es dankbar an. Ich hole warmes Wasser zum Zähneputzen aus einem Waschraum und schenke ihr vom mitgebrachten Kräutertee ein. Sie putzt sich oberflächlich die Zähne und spuckt das Wasser in die leere Brotdose, in der die Waschlappen waren. Ich entsorge alles und reinige die Gefäße. Dann ziehe ich ihr die verbliebene, blutverschmierte Socke aus und entsorge sie. Aus dem Koffer entnehme ich zwei saubere Socken und ziehe sie ihr an. Eine resolute Schwester fordert mich auf, jetzt wieder zu gehen. „Ich muss los, die schmeißen mich hier raus", sage ich meiner Mutter. Sie macht einen sehr erschöpften Eindruck auf mich. Kein Wunder, denke ich.

Am späten Nachmittag, nachdem ich mehrmals versucht habe einen Arzt ans Telefon zu bekommen, kann ich endlich mit dem leitenden Arzt der Notaufnahme sprechen. Meine Mutter muss noch eine Nacht zur Beobachtung bleiben. Wieder auf dem Flur, leider, er bedauert und entschuldigt sich für diesen Zustand. Das sei Stress für die Patienten, das weiß er, aber was soll er machen? Das Krankenhaus ist gezwungen jeden Notfall aufzunehmen. Es gäbe nicht genug Betten und vor allem nicht genug Personal. Das sei auch Stress für das Personal. „Und für die Angehörigen auch", denke ich, „also Stress für alle. Perfekt!" Er sei vormittags mit drei Krankenschwestern allein gewesen und kann so den Andrang nicht bewältigen. Er hätte meiner Mutter persönlich ein Sandwich gebracht. Es gäbe in der Notaufnahme generell nicht genug Essen für die Patienten. Ich solle mich bei der Geschäftsführung beschweren und könne mich auf ihn berufen. Wenn sich nur das Personal beschwert, geschehe sowieso nichts. Dem Krankenhaus sei eine Abteilung geschlossen worden, habe ich aus anderer Quelle gehört, aus Mangel an Pflegekräften. Ist das der Fachkräftemangel, von dem die Politik spricht und weshalb wir Zuwanderung brauchen? Schon jetzt habe ich teilweise Probleme die Pflegekräfte zu verstehen. Diese Berufe sind durch ihre extrem schlechte Bezahlung und den dazugehörigen Schichtdienst nicht mehr gefragt. Mich wundert das nicht. Doch wenn es so weitergeht, werden auch keine Ärzte mehr in Notaufnahmen arbeiten wollen. Es ist inzwischen fast überall das Gleiche, denke ich. In Schulen müssen hochqualifizierte, gut ausgebildete Lehrer stundenlang Fotokopien machen. Im Krankenhaus muss der leitende Arzt Essen verteilen.

Ich bin erschüttert, das ist ja wie in einem Entwicklungsland. Und ich habe Angst um meine Mutter. Wird sie das gut verkraften? Ich versuche seit sieben Jahren ihr einen schönen Lebensabend zu ermöglichen, habe ein Seniorenheim ausgesucht, mit dem wir zufrieden sind. Meine Mutter ist ein Flüchtlingskind, wurde als 9-Jährige mit ihrer Familie aus Schlesien vertrieben. Sie hatte kein leichtes Leben. Der Krieg brachte viele Verluste in der Familie. Sie hat ihr Leben trotzdem in die Hand genommen und war immer für andere da. Und nun, wo der Wohlstand in diesem Land groß ist und wir Frieden haben seit über 60 Jahren, muss sie in einem hochtechnisierten, modernen Krankenhaus die Nächte auf einem Durchgangsflur in der Notaufnahme verbringen, ohne die Möglichkeit zu haben sich zu waschen oder etwas Ruhe zu bekommen. Auf dem Flur brennt die ganze Nacht das Licht und es ist ein ständiges Kommen und Gehen. Unter diesen Umständen ist der Leitspruch, der die Prospekte und die Internetseite des Krankenhauses ziert, eine Farce: „In sicheren Händen"! Ich frage mich, was wohl wäre, wenn wir hier in der Stadt oder im Umkreis tatsächlich mal eine Katastrophe mit vielen Verletzen hätten. „Werden die Betten dann ins neue Parkhaus ausgelagert?" denke ich sarkastisch. Ich fühle Wut und Ohnmacht.

Am nächsten Morgen rufe ich erneut im Krankenhaus an, um den Verbleib meiner Mutter zu erfahren. Auf der Notaufnahme soll sie nun nicht mehr sein, auf der Station ja, aber seit wann kann man mir nicht sagen. Ich könne kommen wann ich wolle, es gäbe keine Besuchszeiten. Als ich nachmittags im KH ankomme, ist sie nicht mehr da. Sie wurde mittags entlassen. Ich bin im wahrsten Sinne des Wortes sprachlos. Ich hätte doch vorhin noch angerufen, sage ich. „Und die Aktion mit der Vollmacht und den Telefonnummern hätte ich mir ja auch sparen können", denke ich und frage, warum man mich nicht informiert hat. Es gibt keine Antwort. Die beiden Schwestern wissen es nicht. Ob sie die zweite Nacht wirklich auf der Station verbracht hat? Mir kommen Zweifel. Die Pflegekräfte auf der Station machten nicht den Eindruck, meine Mutter je gesehen zu haben.

Ich bin sehr verärgert und stapfe wütend den Flur zurück zum Fahrstuhl. Zum Glück habe ich heute meine schweren Winterschuhe mit den harten Sohlen an. Mit denen kann ich richtig schön stark auftreten, so dass es bei jedem Schritt laut rummst. Auf dem langen Weg vom Fahrstuhl zum Ausgang reagiere ich mich ab und stelle mal wieder fest, wie viel Kraft Wut freisetzt. Und ich bin noch nicht mal doll wütend. Ich fahre ins Heim und finde meine Mutter deprimiert auf einem Sessel sitzend vor. Es geht ihr nicht gut. Sie ist völlig durcheinander und wirkt extrem gestresst. Sie hat eine alte abgenutzte Leggins an und lässt den Kopf hängen. Ihren Rollator und den Stock hat sie oben gelassen. Ich frage was los ist. Sie ist verwirrt, weiß gar nicht so recht wo sie jetzt ist und was sie jetzt soll. Wir fahren zusammen nach oben. Ich kümmere mich um sie, helfe ihr sich erst mal die blutverschmierten Hemden auszuziehen, sich ein wenig zu waschen und die Zähne zu putzen. Sie hat nicht mal eine Unterhose an. Sie hat eine neue, saubere Dralondecke ins Zimmer gelegt bekommen. Wo ihre eigene Decke jetzt ist, weiß ich nicht. Sie musste ja gewaschen werden, war aber nicht namentlich gekennzeichnet. „Das kann wieder eine Suchaktion werden", denke ich, „das erfrage ich nächste Woche und dann fahnde ich auch gleich nach der anderen Decke, die schon länger fehlt."

Ich muss mit dem Personal sprechen und möchte den Arztbericht lesen bzw. mitnehmen. Meine Mutter folgt mir wenig später auf den Flur. Sie hat eine Einkaufstasche auf ihrem Rollator stehen. Drin sind ein Nachthemd, eine Zeitung, ein paar Socken und alles mögliche an Kleinkram. Ich glaube sie denkt, dass sie eine Tasche fürs Krankenhaus packen soll. Sie wartet vor dem Fahrstuhl. Es dauert lange, bis ihr klar ist, dass sie hier 'zu Hause' ist und jetzt ins Bett soll. Ich bringe sie ins Bett. Sie antwortet auf meine Frage, ob sie ein zweites Mal auf dem Flur geschlafen hätte: „Nein, die Schwester hat mich zugedeckt." Das kann ja alles heißen. Als sie für die Nacht fertig ist, legt sie sich ins Bett. Sie ist immer noch völlig durcheinander, fragt, ob finanziell alles geregelt sei und sagt, dass die Kinder sie bald wieder besuchen können. Ich decke sie zu, wünsche ihr eine gute Nacht und mache das Licht aus. „Alles ist gut", sage ich. „Schlaf schön." Zurück bleibt bei mir der Wunsch, dass sie nie wieder ins Krankenhaus muss. Und ich möchte auch niemals in die Situation kommen in der Notaufnahme zu landen. Jedenfalls nicht, bis sich systemisch etwas verändert hat und man glauben kann, dort in einem Notfall in guten Händen zu sein.

**Ein paar Tage später**

Am Freitagnachmittag besuche ich sie wie immer. Sie macht einen ganz anderen Eindruck als noch vor zwei Tagen. Sie wirkt innerlich ruhiger, entlastet, fast befreit. Sie ist nicht so nörgelig und aggressiv. Ich bin gespannt wie lange dieser Zustand anhält. Wir machen sogar wieder einen Spaziergang. Als ich sie zurück auf ihr Zimmer bringe, blättere ich noch in einer Zeitung. Der Tisch ist relativ aufgeräumt. Nur eine Apfelsine liegt dort. „Naja", denke ich, „sie hatte ja auch noch nicht wieder viel Gelegenheit Obst zu sammeln." Während ich so in die Zeitschrift schaue bemerke ich, dass sie sich auf den rosa Hocker setzt und aus der Balkontür auf den Wald guckt. Ich schaue sie an und sehe eine gefasste, ältere Dame. So habe ich sie lange nicht gesehen. Vielleicht musste sie mal wieder etwas loswerden. Da sie nicht reden kann oder will, hat sie alles, was sich angesammelt hat, ausgekotzt. So kommt es mir in den Sinn. Vielleicht ist ja was dran. Vielleicht aber auch nicht. Ich weiß es nicht.

## Negative Endlosschleife

Ich weiß inzwischen nie ob ich das, was ich mir für meinen Besuch vorgenommen habe, umsetzen kann. In der letzten Zeit ist meine Mutter extrem launisch, manchmal sogar zänkisch. Ich weiß ja, dass es nichts nützt, darauf einzugehen oder es persönlich zu nehmen. Doch manchmal reißt auch mir der Geduldsfaden. Eigentlich bin ich in Gedanken häufig bei meiner Mutter, vor allem wenn ich einkaufen gehe. Dann überlege ich, was ich ihr mitbringen könnte, worüber sie sich freuen würde. Meistens kaufe ich Blumen, aber ab und zu auch Kekse oder andere Leckereien.

Diesmal habe ich mitten im Winter eine Topfrose gekauft. Es gab sie ganz preiswert im Baumarkt. Sie duftet sogar und ist wunderschön. Meine

Mutter war immer schon ein Rosenfan gewesen, deshalb glaube ich ihr damit eine Freude machen zu können. Doch weit gefehlt. Als ich ankomme und ihr die Rose zeige und sage, dass sie sogar schön duftet, schnuppert meine Mutter daran. „Ääh", sagt sie, „die stinkt ja." „Die stinkt?", frage ich überrascht und schnuppere selbst noch einmal dran. Sie duftet verführerisch nach Rosen. „Nein", sage ich, „sie duftet und hübsch ist sie auch." „Ääh", wiederholt meine Mutter verächtlich. Das reicht. „Sie gefällt dir nicht. Dann nehme ich sie wieder mit", sage ich und stelle den Topf zurück in meinen Korb. Ich bin nicht sicher, ob meine Mutter mit dieser Reaktion gerechnet hat. Aber ich bleibe vorerst dabei.

Nach einem kurzen Spaziergang setzen wir uns noch in den Veranstaltungsraum. Dort wird grade ein Film aus den 50ern gezeigt. Peter Kraus ist noch ein pubertierender Jüngling. Man erkennt ihn aber sofort. Der Film ist in schwarz weiß gedreht worden, für heutige Verhältnisse eine interessante Optik. Die Handlung ist entsprechend zeitgemäß: Zwei Jungsschulen, rivalisierende Gruppen, ein Lehrer, der hilft das Gute zum Sieg zu führen und Vernunft einkehren lässt. Man sieht Hauereien, ohne dass Blut fließt. Nicht mal ein blaues Auge tragen die Prügelhelden davon. Heute undenkbar. Das Publikum fiebert mit. Meine Mutter sitzt in dem Korbsessel vor mir. Ihr Kopf sinkt immer wieder nach vorne. Sie nickt ein. Ich finde den Film gar nicht so langweilig, aber sie ist offenbar überanstrengt. Deshalb frage ich sie, ob wir wieder in ihr Zimmer wollen. Sie ist nach wie vor unfreundlich, bejaht aber und wir stehen auf. Ich frage sie, ob sie Schmerzen hat. „Nein", ist die knappe Antwort. Dann gehen wir aus dem Saal. Im Eingangsbereich steht ein Rollstuhl mit einer Bewohnerin, aber wir kommen gut dran vorbei. Ich dirigiere den Rollator meiner Mutter zusätzlich leicht mit der rechten Hand. Als wir auf der Höhe des Rollstuhls sind und quasi freie Fahrt haben, lasse ich den Rollator los. Meine Mutter rammt ihn darauf hin so kräftig sie kann gegen den Rollstuhl. Ich bin sprachlos. Nachdem ich mich bei der Rollstuhlfahrerin entschuldigt habe und wir im Fahrstuhl stehen, frage ich meine Mutter verärgert, was das sollte. „Er ist mir weggerutscht", behauptet meine Mutter dreist. Ich widerspreche: „Nein, das stimmt nicht. Das habe ich genau gesehen. Das hast Du absichtlich gemacht. Was sollte das?" „Es ist guuuut, es ist guuut", wiegelt sie ab und mosert mich an, was ich denn immer an ihr zu meckern hätte. Ich bin immer noch schockiert und habe überhaupt keine Lust mehr mit ihr zusammen zu sein. In ihrem Zimmer verabschiede ich mich dann kühl, nehme den Blumentopf noch einmal raus und zeige ihn ihr. „Du willst ihn wirklich nicht?" frage ich. Sie wendet sich ab. „Okay, dann nehme ich ihn wieder mit." „Brauchst gar nicht wiederkommen", schleudert meine Mutter mir zu guter Letzt noch an den Kopf. „Ist gut", antworte ich und verlasse das Zimmer.

Ich stehe vorm Fahrstuhl und denke, dass ich erst mal eine Mutterpause brauche. Wieso ist sie so schlecht drauf? Sie verdirbt es sich mit allen anderen, die hier sind. Anstatt aus ihrer Zeit hier das Beste zu machen, ist sie nur noch griesgrämig und grantig. Ihre negativen Gedanken sind gefangen in einer Endlosschleife. So kann man sich das Leben auch schwer machen.

## Der kleine Prinz

Ich habe den Eindruck, dass meine Mutter meine wöchentlichen Besuche inzwischen dafür nutzt, erst mal ordentlich abzulassen. Sie begrüßt mich nicht, sondern meckert gleich los. Letztens habe ich sie gebeten, freundlich zu mir zu sein. Ich habe ihr erklärt, dass ich einmal wöchentlich zu ihr komme, mir dafür freinehme und mich um alles kümmere und dass sie nicht den geringsten Grund hat, mich an zu meckern. Wieder erwarten zeigte das Wirkung. Sie war auf einmal lammfromm.

Es läuft wieder ein Film im Veranstaltungsraum. Der französische Pfleger hat ihn besorgt. Als meine Mutter und ich unten sind, hat der Film schon begonnen. Meine Mutter möchte zugucken, deshalb setzen wir uns auf die beiden freien Plätze neben dem Eingang. Der kleine Prinz als amerikanische Verfilmung, vermutlich aus den 70er Jahren, ist für alte und demente Leute in seiner Darstellungsform verwirrend surreal. Die Moral von der Geschichte „Man sieht nur mit dem Herzen gut", singt der Hauptdarsteller am Schluss, als er es schaffte mit seinem Flugzeug nach einer Bruchlandung aus der Wüste zurück in die Zivilisation zu fliegen.

Allein wäre meine Mutter nicht nach unten gegangen. Sie bleibt jetzt zum Essen auf ihrer Station. So haben die Pfleger sie besser im Blick, denn sie ist manchmal verwirrt und orientierungslos. Doch je seltener sie ins Erdgeschoss fährt, desto weniger kann sie sich an den Weg erinnern. Sie geht auch nicht mehr alleine raus. Meistens liegt sie in ihrem Bett, wenn ich ankomme. Ab und zu sitzt sie auf ihrem Stuhl, der jetzt vor der Balkontür steht, und schaut hinaus. Sie hat dann nackte Beine. Sonst hat sie immer so gefroren.

Die Ultraschalluntersuchung bei ihrem Hausarzt, zu dem wir beide uns nach dem unangenehmen Krankenhausaufenthalt begeben mussten, hatte eine akute Verstopfung ergeben. Ich fragte die Ärztin, ob es denn möglich sei, dass jemand mehrere Wochen nicht zur Toilette ginge. Sie antwortete: „Es gibt alles."

Wenn ich meine Mutter besuche fordere ich sie jetzt immer auf, mit mir spazieren zu gehen. Manchmal, wenn es zu kalt ist, gehen wir nur im Haus hin und her. Bewegung ist ja gut. Weil das nicht reicht, bekommt sie täglich Abführtropfen, wie fast alle anderen Bewohner auch. Seit dem letzten Krankenhausaufenthalt und der Nachbehandlung durch ihren Hausarzt geht es ihr zwar besser, aber irgendwie auch nicht. Sie bekommt anscheinend dauerhaft schlecht Luft. Ich habe trotzdem den Eindruck, dass sie ihr Gepuste auch gezielt einsetzt. Vielleicht tut sie es auch unbewusst gezielt. Das kann ich nicht einschätzen. Sie wird immer rätselhafter, zieht sich in sich zurück. Am Telefon erkennt sie mich nicht mehr, tut am Anfang des Gesprächs aber so, als sei alles in Ordnung. Dann fragt sie wieder, wer denn da eigentlich am Apparat sei. Ich habe schon überlegt, ob ich das Telefon abmelden soll. Wir könnten das Geld dafür jeden Monat sparen. Den Apparat möchte ich aber stehen lassen, damit der Schein gewahrt bleibt und sie sich nicht beeinträchtigt fühlt. Wenn sie dann merken sollte, dass das Telefon nicht funktioniert, dann ist es halt kaputt und muss repariert werden. Das vergisst sie sowieso sofort wieder. Diese Gedanken empfinde ich als entwürdigend. Ich würde sie bewusst betrügen. Trotzdem denke ich immer wieder darüber nach.

Sie geht jetzt dauerhaft nicht mehr in den Speisesaal nach unten zum Essen. Sie bleibt auf der Station. Sie geht auch nicht mehr spazieren, nur noch auf dem Flur hin und her. Sie traut sich nämlich nicht alleine raus, weil sie nicht sicher ist, dass sie zurück findet. Andere gehen schon lange nicht mehr spazieren und Begleitpersonal gibt es dafür nicht. Sie sind den ganzen Tag, die ganze Woche, das ganze Jahr über auf ihrer Station. Nur hin und wieder werden sie zu einer Veranstaltung in den Gemeinschaftsraum ins Erdgeschoss gebracht. Jetzt muss es reichen, dass ich einmal in der Woche mit meiner Mutter spazieren gehe. Mehr als eine halbe Stunde schafft sie jedoch nicht mehr. Wir gehen dann im Schneckentempo und bewundern die Vorgärten. Alle zehn Meter fällt ihr auf, dass es hier eine schöne Gegend ist.

# Muttertorte

250g Butter

250g Zucker

4 Eier

1 Prise Salz

2 Pfd. Magerquark

1 Päckchen Vanillepuddingpulver

2 Esslöffel Grieß

Saft und Schale einer Zitrone

Alles zusammenrühren, in eine Springform füllen und bei 220 Grad ca. ¾ bis 1 Std. backen.

Zeitfracht Medien GmbH
Ferdinand-Jühlke-Straße 7
99095 Erfurt, Deutschland
produktsicherheit@kolibri360.de